U0937109

“枞阳文学精品丛书”
组委会名单

顾　　问	杨如松	县委书记
	占聆娜	县人大常委会主任
	何正清	县政协主席
主　　任	杨秀颀	县委副书记、县政府县长
副主任	杨贤招	县委副书记
	黄　楚	县委常委、宣传部部长
	左敬东	县委常委、常务副县长
	周晓娟	县人大常委会副主任
	吴正芳	县政府副县长
	江习明	县政协副主席
成　　员	叶学挺	县委办公室主任
	李友好	县政府党政成员、县政府办公室主任
	张文满	县人大常委会教科文卫工委主任
	钱利勇	县政协文化和文史学习委主任
	黄　勤	县委宣传部副部长
	吴立友	县发改委主任
	朱　晋	县财政局局长
	周剑斌	县教体局局长
	吴文汉	县住建局局长
	刘毛陆	县文旅局局长
	周立宏	县招商服务中心主任
	胡学东	县委史志研究室主任
	章宪法	县文联主席

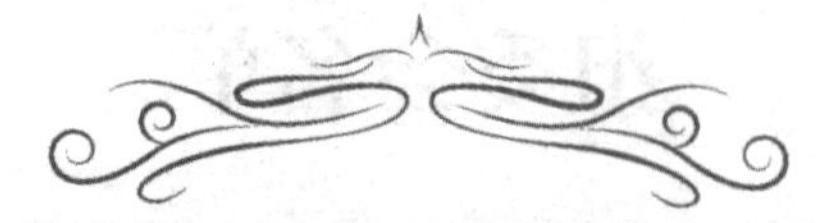

“枞阳文学精品丛书”编辑部名单

主　　编	章宪法
分册主编	章宪法　谢思球　陶善才　齐永平
	周巨龙　刘檀风　周八一　钱新华
图片编辑	吴保国

枞阳文学精品丛书（第四辑）

丛书主编◎章宪法

花开枞阳

谢思球——主编

合肥工業大學出版社

图书在版编目(CIP)数据

花开枞阳/谢思球主编.—合肥:合肥工业大学出版社,2021.9
(枞阳文学精品丛书.第四辑)
ISBN 978-7-5650-5405-1

Ⅰ.①花… Ⅱ.①谢… Ⅲ.①散文集—中国—当代②诗集—中国—当代 Ⅳ.①I217.1

中国版本图书馆 CIP 数据核字(2021)第 174783 号

花 开 枞 阳

HUA KAI ZONGYANG

谢思球 主编　　　　责任编辑 疏利民

出 版	合肥工业大学出版社	版 次	2021 年 9 月第 1 版
地 址	合肥市屯溪路 193 号	印 次	2022 年 4 月第 1 次印刷
邮 编	230009	开 本	710 毫米×1010 毫米 1/16
电 话	理工图书出版中心:0551-62903018	总印张	123.75
	营销与储运管理中心:0551-62903198	总字数	1546 千字
网 址	www.hfutpress.com.cn	印 刷	安徽联众印刷有限公司
E-mail	hfutpress@163.com	发 行	全国新华书店

ISBN 978-7-5650-5405-1　　　　总定价:432.00 元(共 9 册)

前　　言

如果要在大地上的众多花卉中挑选一种代表乡村或乡愁的花，我无疑会推选油菜花。它绚烂热烈，安静而朴素。每年春季，它都如约在春风里开放着，孕育着籽实，而从没有想着去花盆或花池里占一席之地。油菜花是乡村里最亮丽的一抹风景，它孕育了乡愁，唤醒了我们浓郁的乡村情感和久违的童年记忆，我们走近它，讴歌它。一朵金黄的小花，为古老而美丽的枞阳代言。

春天的枞阳，30 万亩油菜花同时绽放。枞阳县内油菜种植历史悠久，油菜花资源丰富，是传统的油菜生产大县。枞阳的油菜花，完全可以与江西婺源的油菜花相媲美，花开时节，放眼望去，无论是辽阔的平原、狭窄的谷地，还是高低不平的丘陵，一簇簇，一畦畦，一片片，成千上万亩的油菜花，形成了一望无际的花海。春风一起，油菜花似潮水般，一浪一浪，其势铺天盖地，汹涌澎湃，清香扑面，沁人肺腑，让人心旷神怡。油菜花朴素简单，褪尽铅华，以一色金黄胜却姹紫嫣红，令所有高贵的名花黯然失色。那是春天特有的奢侈与浪漫，是大自然赏赐给人们最平凡而又最美丽的花。

为以文会友、以花为媒，扩大对外开放，打造全域旅游，促进乡村振兴，发展“花海经济”“美丽经济”，2019 年，枞阳县举办油菜花旅游宣传推广周活动。3 月 30 日上午，推广周暨美丽乡村摄影展启动仪式在 G347 国道旁的荷叶田田农庄启动。本届推广周以“大美枞阳　景上添花”为活动主题，以“一线四片”为路线。“一线”即 G347 枞阳段百里花廊，“四片”即沿江、岱冲湖、浮山—龙山寺、三公山景观片区。“一线四片”串联了汤沟镇明星村明星中心村、枞阳镇戚矶村彭庄中心村等 13 个省级美丽乡村以及 4 个市级美丽乡村，同时含纳了“白云青鸟——人文浮山”“汉武射蛟——方苞植荷”“十里桃花——武术之乡”等枞阳“十大美景”，以及东乡攮乌鱼、山粉圆子烧肉、鸡汤排子面、萝卜烧肉、黑猪捶肉汤、枞阳鱼圆子、生腐烧肉等枞阳特色美食。这次美丽的“枞阳之旅”，让大家与芬芳的油菜花来了一次春天的邂逅，与秀美的大自然来了一场心灵的对话，全身心地融入花海，原生态地亲近自然，让心态更宁静，让身心更愉悦。

为配合宣传，展示枞阳乡村文化，枞阳县首届油菜花旅游文化推广周美文大赛同时启动。凡以枞阳地域内油菜花为题材的文字作品，体裁、篇幅不限，散文、诗歌、故事、精彩段子、顺口溜、民歌等均可。作品必须是枞阳题材，要有具体地点、景点和景物名称，突出枞阳油菜花特色。凡歌颂枞阳山水之美、人文之美、乡村之美、风情之美、草木之美的文章亦在应征之列。在为期 2 个月的时间里，大赛组委会共收到北京、广东、黑龙江、江苏、安徽等全国各地来稿402篇，体裁包括散文、诗歌、三句半、歌词、大鼓书等各种文体。征文大赛设一等奖5名，二等奖10名，三等奖15名，优秀奖20名。《花开枞阳》即为本次美文大赛获奖作品和部分优秀参赛作品的结集。

又是一年春风至，油菜花开遍地黄。到枞阳来吧，来这座长江边美丽的小城，到野外去赏花，吮吸泥土的清新，释放压力，放飞心情。蓝天白云之下，让我们伴着花香，放逐在春天的原野上，身心两忘，回归一个美好而诗意的世界……

谢思球

2020年4月18日

目录

第一辑 散文

003 / 枞阳花事　江　耶
006 / 家乡的油菜花　吴　笛
008 / 眺望五一村的春天　枞川细雨
013 / 开成乡愁的油菜花　徐连祥
017 / 油菜花开，乡思如海　何亚兵
024 / 陌上花开缓缓归　高　婷
027 / 金黄的枞阳（七章）　司　舜
031 / 流水里的花事　钱爱慧
035 / 枞阳春笺（二章）　章乐飞
039 / 菜花依依　汤　流
044 / 油菜花又开　杨春虹
047 / 那片海　朱晓红
050 / 遇见一场油菜花开　潘国超

053 / 漫山遍野黄金甲 鲍官明
056 / 流年依旧栀子花 黄琼会
059 / 妈妈，油菜花开了 唐 红
062 / 花香作伴好还乡 舒 涵
065 / 放蜂人与花 周 海
071 / 最美菜花在枞阳 张正顺
076 / 又是一年菜花黄 江雄旺
078 / 花田 高 斌
081 / 麦园村的油菜花开了 钱新华
085 / 油菜花里的故园 黄海霞
089 / 枞川之阳，有花金黄 陈明华
094 / 古镇踏青 刘东玲
101 / 油菜花开白梅春 齐永平
105 / 醉是夕阳西下景，田间楚楚泛金光 疏丽云
107 / 魅力岱春湖 胡笑兰
110 / 三月，我在三公山脚下等你 左克友
114 / 长沙洲的油菜花 蒋冬青
118 / 油菜花，家乡的笑靥 田再联
122 / 仰望老枫树 汪 宝
128 / 金色的呼唤 吴志龙
133 / 提篮春光来看你 汤玉红
136 / 菜花朵朵幸福开 吴仕钦
140 / 花开钱铺带书香 王传平
143 / 浮山的花径 方德佺
147 / 白云岩的油菜花 王 雄
151 / 大美枞阳，荡漾着油菜花的诗意与歌声 路志宽

第二辑 诗 歌

159 / 油菜花，枞阳的铺陈与转述（组诗） 镜 子
164 / 每一句方言都有故乡（组诗） 刘东宏
172 / 大美枞阳（组诗） 叶有忠
175 / 油菜花，枞阳鲜嫩欲滴的美和道路（组诗） 林 丽
179 / 在枞阳，每一朵油菜花都是诗歌的眼睛 苏美晴
183 / 在江堤看油菜花（外二首） 周八一
188 / 油菜花素描 吴荣国
191 / 春风吹来菜花香（外一首） 何宗胜
194 / 枞阳油菜花赞（三字经） 屈国杰
196 / 谁不说俺枞阳好（三句半） 王 霞
198 / 油菜花开等你来（快板书） 屈 晗

第一辑 散 文

枞阳花事 | 江　耶

枞木散落，仿佛乡间的散漫。油菜花次第开放，我愣怔了很长时间，才适应过来，拎了相机，奔向田间，奔向每一株金黄的花束。每一朵花都与我似曾相识，甚至与我暗暗联系，仿佛前生相遇，今生重逢，看上一眼就觉得无比亲切。

我跑到田埂上蹲了下来，伸出手试图去触摸一朵金黄。我仿佛听到了一声尖叫或者一阵密集的呢喃，是等待已久的突然迸发，还是幸福眩晕中的语无伦次，不得而知。我只是盯着这朵花，看着，听着，眼泪忍不住掉了下来。像是迎合，像是安慰，这一朵花微微摇晃，向着我，送来一阵似有若无的清香。我更低地向花朵靠近，我听到了绵绵的低语，像是说给我一个人听的，只有我一个人能听得明白。

一个女子向我走过来，从一小块田地里走来，蓝布碎花的对襟小褂一尘不染，没有一点农村劳作的痕迹。太阳在我的背后，她的前方，阳光打在她的脸上，她的脸上有微微的反光，看上去有不真实的感觉。她像是来自我的一个梦境，有几分虚幻，却让我心里一动，仿佛打开了自己。她的手指绕过我，向后面指去。我回过头，高低不同的树将一座山轻轻覆盖，使我只能看到现在的面貌。女子的手势轻轻拨开，历史若隐若现。

前面就是古栈道，曲曲折折地伸向远方。新婚刚过，枞阳的男人告别了亲人，恋恋不舍地走出家门。他穿过这片油菜地，走出了这个拥挤的村庄，走上那条道路，在重重叠叠的大山中用脚一步一步地量出人生的艰难。似乎也是一种遥相呼应，美丽而贤惠的女子，像一朵刚刚盛开的花，在最美的季节，站在一个田头向远方张望，用一个固定的姿势守持着一种方式。远方已被群山遮住，神秘，令人向往。累了吧，低下头，这里仍然是人间生活，这面前也只有这无边无际的油菜花。油菜花并不能懂得人的心思，她们好像是约好的一样，全部在同时展开，没心没肺、全力以赴地开着。满眼里的油菜花，宛如流动着黄金的大海，在微弱的春风里推动着微微的波浪，将一个人的心推动得上上下下的，说不出的难受和疼痛。一朵花扔在花海里就不再是花了，它只是一滴水。一个女人被扔在一堆女人中，她也不再是一个女人，她是生活中的一粒微尘，可以被一阵风吹走，被一场雨湮灭。她的美丽，她的刚刚展开的爱情，她的遥遥无期的思念和等待，都在油菜花开的金黄里变得几乎没有。

这无边的金黄是多么的沉重啊！可以想象得出，什么样的颜色能比这金黄沉重呢？一个女子的青春在这大片的金黄的映照下，已经微不足道了。然而，有这金黄映照的季节也只是短短的一刻，接下来的就是无边的寂寞。从床头到窗户有五步，从里屋到门口有十步，多少个来回，竟然没有留下一点印迹。一口天井接了阳光接月光，接了雨水接雪片，甚至接到了油菜地里吹过来的微弱花香，但就是接不到天各一方的那个人的一点消息。墙头上的灵性动物，被油菜花的金黄照花了眼。它上到了墙头上似乎就沉迷于这片古老的风景。它不愿下来了，更不要说能迈出一步，只是在比喻，在象征，身体上的寓意越来越多。油菜花已经金黄了多少，谁也说不清了。一个女子的花期也只有一次，年轮的厚度剥蚀了生命的鲜艳，时光慢慢走向灰暗，时间也渐渐沉寂。

当然，这不应该是一个结局。我从油菜地里返身，走过一座吱吱乱响的木头桥，走到一户人家的门下。门头的砖雕失去了棱角，但故事却仍然在展开。一阵骡马喧，激动人心的时刻在接近人生终点的时候到达了，生命里的力量似乎早已被耗尽，现在只能抬起眼，曾经梦想的情景终于出现。油菜地里，那个走远了的男人真的回来了，他的身体，他的行李车马，也只是微微高过正在盛开的油菜花吧。女人看到了分量，沉重的分量。男人带回来了真正的金子，虽然没有油菜花鲜亮，却实沉沉的。年轻时的梦想变成了现实，功成名就的花环在这块狭小的土地上放出了异彩，引起了无数的惊叹和仰望。梦圆了，但似乎并不能让所有的人都感到高兴。

“花开堪折直须折，莫待无花空折枝。”无数人在感叹，人生像一个圆，转来转去，枞阳应有梦，有梦各不同。像油菜花的香，很平常的，略带有泥土的气味，开在一起，把卑微的自己从容地绽放。

不知不觉间，我又站在了油菜花前，盯着一朵油菜花仔细地看。油菜花开得很专心，尽情地展示着自己最强烈的心思。它们好像无知无觉，而我却感觉到这短短的一刻经历了几个人世的轮转和所有的曲折，把人间的道理全部呈现出来了。我忍不住再向前凑近，仿佛就看到了一个女子向我款款而来，带着她光艳的容颜和收留这光艳容颜的那些黯淡的时光，绕过我，走向花丛中。

家乡的油菜花

吴　笛

阳春三月，江南江北，杏花、桃花、杜鹃花，村前屋后，河畔溪侧，野地山丘，一株株，一丛丛，一簇簇，次第竞放，像挣脱冬天那灰暗的眼睛，一次次闪亮。那一畦畦，一片片，金灿灿的油菜花，令我匆匆的脚步戛然而止，心跳加速，嘴巴微张，眼睛突然幻化成一双蝴蝶。

青山绿水，油菜花开，是青山绿水映艳了油菜花，还是鲜黄的油菜花使得山更青、水更绿？那浓浓的金黄色，那暖暖的金黄色，那香香的金黄色，那洋洋的金黄色，不知不觉让家乡成了美丽的童话。

仿佛就在昨天，我盘坐在一头青牛背上，横一根竹笛，在那金色的云絮上悠悠飘荡。不问紫燕在低低的天空编织多么美丽的图案，也不问野斑鸠为何在远远的歪脖子树上一个劲地喊着“姑姑”，我早已瞧见邻家的女孩摘一朵油菜花嘟着嘴儿在吹，插两枝在羊角辫上。我还知道我家的小花狗在油菜花地里钻进钻出，身上斑斑点点，变得更花更欢了。

少女什么时候最易怀春？少男什么时候最易动情？在我的家乡，有一种古老的迷信，有很多美丽的传说——比如“菜花疯子”！对这一名词至今我都无法说清，凡是爱得直露、爱得越轨的男女，家乡的长辈差不多都是说声“菜花疯子”！这是纯粹的贬斥吗？分明有几分艳羡。其实，这好像是一种病，一种伴生春天，只有油菜花香才得以熏发的病，传染者一律为青年男女。那时候蜜蜂嗡嗡，泉水叮咚，青蛙出洞，母鸡抱窝，猫儿叫春，人整天困盹，脚步浮浮沉沉，如果此刻不小心在野地里吸入了被蝴蝶吻过的油菜花粉，嘿嘿，便像一根火柴嚓地点着了一颗春心，人便会嘻嘻哈哈地跑进花丛，把油菜花当作金色的地毯，把偌大一片地当作自己的婚床，在那上面撒欢，打滚，又唱又笑，旋啊转啊……

这样的“菜花疯子”我见过，男的是那样热烈、疯癫，女的是那样大胆、美丽。可惜“菜花疯子”的结局差不多都是一场春梦，在菜花地里上演的那幕故事差不多都有一个凄凉的尾声。

渐渐长大，渐渐明白了其中的一些奥秘，我想北方那火红的高粱地，就像南方这些金灿灿的菜花丛，是否都能激发人美的灵感与心的冲动？是否都是滋生野性爱情的温床？

面对油菜花，面对这朴素的灿烂，灿烂得虚幻的油菜花，我总臆想这乡下的女子，出生如此贫寒，霜打过，雪压过，可一旦遭遇春风春雨春光，便成长得如此茁壮，如此鲜艳，茁壮鲜艳得简直早熟，仿佛无法等待，在春天里就穿上秋天的衣裳，是率直任性还是爱得太热烈？不到夏天就受孕结籽了？她要把自己灵魂的芳香，迫不及待地奉献，滋润人类那疲惫的身心。

记得被岁月朦胧的那条小河吗？记得被记忆弯曲的那条小路吗？那个光头赤脚的孩子是怎样从家乡的油菜花中渐行渐远，终于消失于城市，也消失了他的芬芳……

人到中年，面对家乡这金灿灿的油菜花，我却莫名泪水盈眶，在深深地呼吸过这春天的馨香之后的此刻，我会突发花痴吗？会脱掉我的西装革履，成为那个赤裸裸的“菜花疯子”吗？

眺望五一村的春天

枞川细雨

春天的雨，淅淅沥沥，连绵不绝。水汽弥漫，到处湿漉漉的，随便在空气中抓一把，都能捏出几滴水来。心也随之泛起潮来，不仅仅心潮如水，还有被雨水浸散的油菜地，酥软如棉。风掀翻了雨伞，身子一个趔趄，滑落田间，黏糊糊的泥巴浆浸灌鞋中，冰凉刺骨，身子一个激灵。久不见长的油菜贴着地皮，瑟瑟发抖，是否也冷呢？

什么时候……是十三年前下村挂职的吗？还是去年？上个月？昨日？这次又下村挂职，走入田间地头的瞬间，叶花的身影跃进心扉。对芽、对叶、对花有了别样的情怀，心疼雨中繁花坠落，伤感风中叶枯籽黄，每每油菜籽角满枝时，春就去了，而春是四季之首。

在田间地头行走，泥腥的油菜地、甜香的油菜花、醇香的老油坊，我在鼻息中辨别，让它们排队。不想，它们的气息扑面而来，混为一体，涌入肺腑，我无意抑或无力甄别，那气息让我对当下的油菜花更加牵挂。

油菜花，不知道这个名字是霸道抑或是卑微。小时的我最馋香油，油菜籽榨出的黄亮亮的油，是植物油之首，万家皆备，贫富不离，僧俗不避。新榨出的油渣饼，薄脆的卷，温热喷香，放在嘴里嚼出焦锅巴的味道。人们喜欢花，至于“油菜花”名字中间的“菜”字，则是没有印象的，收割时只记得满枝的油菜籽角，没有油菜叶的影子，许是忽略了。好在，它也不在意。

春天里，油菜花是主角，不管是成片连株，还是野外散棵，都自由自在地生长开放。油菜花没有孤单过，即使一棵，也开得轰轰烈烈，几片薄薄的黄色绸绒般的花瓣，拱聚着黄色花蕊，花瓣花蕊通体金黄，纯粹，浓郁，亮丽，洋溢着青春的激情与活力。那是黄色的海洋，绿叶海藻般在黄色海洋中荡漾。

“黄色”，是一个让人浮想联翩的词，土地“黄”、油菜花“黄”、香油“黄”……还有中国人的皮肤“黄”，既而中国人的情感似乎也与“黄”有涉，肌肤之亲必是黄黄相挨，这是否也因油菜花而起的呢?！油菜花散发着荷尔蒙的气息，蛰伏一冬的情感苏醒返潮，充沛蓬勃起来，油菜花在阳光照射下，金光闪闪。成群成群的蜜蜂，嗡嗡嗡地在油菜花里穿行。孩子在花丛中追蜂逐蝶，湿漉漉的头发、汗津津的小脸、凌乱的衣服上粘着碎黄的花粉，满身跃动着星星的光芒。

春天里，小麦、红花草、油菜花……绿挨着红，红连着黄……挤挤挨挨，随性生长和开放，无拘无束，无规无矩，方形、圆形、三角形、梯形、菱形、星形、S形……如百衲地毯，色彩斑斓，铺满大地。

风丫头跑远了，雨似萌春的少年，亦步亦趋地追风而去，直至渐行渐远收起了雨势，天空也明亮起来。湿漉漉的脚踩得皮鞋吧唧吧唧地响，身子似乎暖和了一些，耳旁响起了蜜蜂的嗡嗡声，循声望去，未寻得蜜蜂踪影，却见水泥路、停车场、工地上，散落着忙碌的身影，钻机嗡嗡嗡地响着，泥浆溅在师傅迷彩服上星星点点，也溅起红纱巾们的嗔怪声。

乡村的时间曾是闭塞的，一年四季二十四节气，不关乎时分秒的，那时农民也没有表，乡村本就不需要表针，乡人只晓得鸡鸣晨起，抬头望天，低头察地，闻乡野花香，听禾苗拔节，虽有饥饿相伴，但乡村是充盈饱满的。

节奏，曾诱惑过乡村，却诱惑不了四季轮回，乡村回到自然怀抱，遵守着自然规则，正如人生，正如情感，正如当下……一路奔忙的人们，找点空闲，找点时间，给身心放个假，走进春天里，三公山揽云、浮山抱月、石屋寺读书、白云崖青鸟、大山桃花林、岱冲湖紫云英、岱鳌山丹霞、菜籽湖草场、铁板洲沙滩……还有荷叶田田的地方，那是枞阳县油菜花旅游推广周的主会场，诗人钱澄之故里，那是宝莲寺福地，那是麦元古井圣泉，那是勤劳农民的生养地，那是金色的海洋……

相府桥上眺望，雨后天空碧色丹青，红纱巾火焰般跳动，群山起伏连绵，云遮雾绕，青翠叠韵，宛若天然一色的水墨画。群峰之中，石屋寺下，一个诗人正挥毫作诗："六月炎蒸正中伏，老夫逃暑上石屋。山门昼闭徒众稀，沙弥迎客出无衣。明朝持簿长一尺，愿乞匹布增光辉。今年天旱农最苦，尔持此簿向谁语？早暮精耕拜世尊，好仗佛力四天雨。秋成大有人乐施，破衣且向檐前补。"就是这个钱澄之，结庐田间，在麦元古井圣泉的润泽下，著《所知录》《田间易说》《田间诗说》……竟然开启了桐城派之先，让一个地域文派影响世界。

2019 年 3 月 30 日，万人齐聚，群星荟萃，枞阳县油菜花旅游宣传推广周仪式在五一村主会场正式启动。黄花铺满地，绿茵茵的草坪，我踮着脚轻轻地走，生怕踩疼软绵绵的草。七色的烟幕弹呼啸腾空，似一只只凤凰扇动着多彩的翅膀，在云中飞舞。我在思绪中游走，在人群中寻找，在花海中穿行……我又听到了嗡嗡嗡的声音，寻声望去，一架无人摄影机正在我头顶上方一米处旋转驻留。

那一刻，我恍然如梦，前方的舞台是我眼中的风景，镜头里的我，是否也是别人眼中的风景呢？还有，我们是花中景，还是景中花呢？这一天，我无比放松与陶醉，过往的辛劳在春天里绽放出金色花海，困乏顿消，暖意融融。我一时兴起，决定笨拙地提起搁置多年的笔，作以上文字，写下 2019 年 2 月下旬某一天的行走痕迹，记录当时对预期的担忧与希冀，还有过程中的焦虑与期盼。

记得去年 10 月 3 日，青枯的草在秋风晨露中惊醒，泼皮耍赖地伏在大地上，机械转动着轮片，切碎的荒草一路飞扬，一截一截的，还在蠕动不僵的草身刚挨田泥，后面的犁片翻滚而来，一片片瓦楞样的波浪排列开来，芬芳的泥土混杂着青草清新汁液的气息，伴随着鱼卵样圆溜溜的油菜籽，在广袤的大地上飘扬。

种下一粒籽，发了一棵芽，那亿万计的种子撒到广袤的大地上，将是怎样的场景？时间好慢好慢，好几次都想看看地里的油菜籽是否睡醒了。大地如母亲般安详，一如往常孕育着生命，默默地，她总是给付出者以回报，大地从不负人。有一天，我眼中跃出点点绿。醒了，醒了，我惊呼。

每每看到散落田间地头的人群，我有了对生命的敬畏，是他们，是它们，是大地，是种子，在生命形态转换中勾勒出美丽的生存图景。

我知道我的笔是无法承载乡村的厚重和美丽的，更写不尽浸入乡村肌理的纹路，哪怕一朵花、一片叶，个人的视角、认识、审美……都是不能穷尽自然之美的，还有那不可捉摸的气息和不可复制的即景：“现在”即“过去”，“过去”即“不存在”，时光错处即是无，偶遇，是人生情感之初。唯有亲身体验，眼观，鼻嗅，耳闻，肤抚……与自然亲密接触，才能感受到自然之美、自然之妙、自然之趣。人生就是一个旅程，在五一的春天里邂逅，与心灵对话，与蜂蝶私语……还有那蔚蓝的天、叠嶂的群山、蜿蜒的神灵赛、油菜花中摇曳的国旗、青翠草坪绣出的灯笼、桃花林的迷宫、翻转的水车、晃荡的索桥……

我在花海中迷离，游走在五一村的四季里。荷花塘旁，我与摄友守候着薄雾和曙光；草莓园中，“香妃”与“红颜”争宠，菠萝莓急白了脸；葡萄架下，那一句哲人的话语：“我慢慢种，它慢慢长，你慢慢品，我们守着日出月落，闲看云卷云舒，一起慢慢、慢慢地享受慢时光。”他是一个种植园主，也是一个贫困户，可我觉得他是一个诗人，一个哲人。我们慢慢、慢慢地品尝着夏黑、户太八号、珍珠、醉金香、阳光玫瑰……

我放慢了四季跳跃的步伐，搁下秋冬季的汴泗羊火锅、孔雀蛋，立新圩的白鹅汤、陡山松子鸡……慢慢、慢慢地回到春夏。

刚才说了油菜地、油菜花，现在该说说五一村老油坊了。一幢老房子，一套老工序，一帮男子汉，就是老油坊的全部，在蒸汽弥漫中撞击出清亮的香油。

走出老油坊，拎上香油，转过老轧花厂、老文化站、卫生室，就是高岗花卉基地了，玉兰、金桂、紫薇、樱花、红叶石楠，五颜六色。

左转，是一片碧清的湖水，几处钓鱼台凌空飞渡。湖旁，一幢徽式小楼，围着半人高的木栅栏，南向门楼木檐下有一块木质牌匾上写着：枞阳味道。

倒出新香油，和上伴有“枞阳味道”的新小麦粉，搅上几个土鸡蛋，摊一摞香脆的小麦粉粑，坐在院中曲折的木质葡萄架下，就着汴泗长河的葱爆螺蛳壳、北圣的红辣小龙虾，添一碟麻油淋过的盐腌香椿芽，来一扎甘醇的啤酒，与恋人吮吸螺蛳，与朋友烫涮小龙虾……

月色朦胧，微醺起身，前行两百米，穿竹林绕过弯，荷香缕缕。弯尽处，月光盛满塘，沐浴牛奶中的红荷任由荷叶轻轻地摩挲，在鱼儿呢喃声中睡去。

春天里，站在五一村的相国大桥上眺望，G347 国道似枞阳锦绣山河的泼墨，池州长江大桥如比翼掠水的金燕……一张张或熟悉或陌生的笑脸，如洄游的鱼群，涌向漫山遍野的油菜花海里。

耳边又响起了嗡嗡嗡声，不远处，多架无人拍摄机在空中盘旋。我想，无人机能不能升高些，再升高些，升到北斗的高度，我就一定能看到我要看的人。我将和父老乡亲一道，喜迎八方客。

开成乡愁的油菜花 ｜徐连祥

黄黄的，灿灿的，最初触目的是一朵，或者几朵，临水……果真是临水照花啊。水面不大，风在水面拂过，垒起一浪一浪的细纹，露出春水温润如玉的肌理，细密而紧致。那些花瓣的倒影，像是揉碎了一般，在水里一会儿拉长，一会儿又紧缩，不断地变异成各种不规则的几何图案。抬头，在你缓缓抬起的视线里，先是看到一点黄色，接着是一线黄色，继而便是一大片黄色，铺满了整个水面。是的，这个季节，阳春三月，春光正好，黄色当然是这片水塘的主色调，即便这片黄来自花的倒影。确切地说，这片黄来自岸上花事正盛的油菜花。

这一刻的故乡，春风拂过花香的沉醉……

每年三月，我都要走近这方池塘，塘名叫小钟塘，这是我回乡的路。每次我都是习惯性地站在小钟塘的一角，驻足，凝望。塘埂百余米长，其两边的梯形截面上，盛满了黄黄的油菜花。

“又拍花呢?”熟悉的乡人们见到我，欣喜地招呼着。

“嗯嗯!”每一次，我都兴奋地点头回应着。

我弯下身子，尽量把相机的镜头压得低低的，调好光圈，选择好角度和焦距，小心翼翼地拍摄塘埂上那一排亭亭玉立的油菜花，让她们高过水面，泅渡一般，游过那片水域，像大军过江的先头部队，与对岸的那片油菜花海胜利“会师”。

对岸，是一座山的南面。这座山因形似一只巨龟而得名“乌龟山”，位于枞阳县白柳镇北部古楼村境内，与庐江县毗邻。我的小村庄就在乌龟山的南面，乌龟山像村庄的依靠一样静卧在村庄的后面，所以我们有时叫它“后山”。每年阳春三四月里，乌龟山表面密集的油菜花像一大片黄艳艳的火苗，瞬间铺满了整个山体。这是乌龟山在盛装出席季节的盛宴了。一阵风吹过，黄色的火苗便借风势燃得愈烈，在山坡上跳跃、起伏、蔓延……俯仰之间，远远看过去，油菜花像是以云为梯，一路攀爬，直至跃到云天相接处，成为一条长长的黄色地平线。换一个角度，你会发现，在花丛中矗立着几处红色的屋顶和几棵绿色的树，在那一大片黄色花海的背景里，那屋顶和树俨然变成了花儿，醒目而明艳，点缀着那片花海，也区分并成就着我家乡后山这片油菜花景观。我家有两块地，就在乌龟山的半山腰处，此刻也如相邻的田地一起，燃起绢黄色的花火。目睹此景，我就情不自禁地在心中唱起那首经典老歌《谁不说俺家乡好》。哦，故乡的油菜花，就是那样烧啊，燃烧着啊，一直燃到天际……这些年来，也走过一些地方，看过一些风景，包括那些全国著名的油菜花景点。兜兜转转，但我还是觉得，故乡后山的那片油菜花，是我迄今为止看到过的最美油菜花景观了。

油菜是一种跨年植物，每年秋季播种，次年春天开花，夏季收割。秋天里，乡民们总是把土地翻了又翻，在日光下晒晒，让土质变得松匀细软，然后开沟、分双，把一块地分成均匀的几双。分双后的地列队般，整齐地摊排在那片山坡上，然后再抡起锄头打宕，一双地一般打五个或六个宕，便于捻籽播种。播种前要用有机肥加水，即粪水滴宕，种子播下后，再用火粪覆盖。几天以后，便有绿芽爬出火粪，绿蚯蚓般，那就是油菜的嫩芽了。待嫩牙长成小白菜大小了，有的宕里苗密了，还得间苗、移栽。母亲在世时，这是她每年的劳作之一。她弯下身子，从第一双第一排第一个宕起，一个宕一个宕地检查，把生得密的宕里的油菜拔掉几棵，然后移栽到生得稀少的宕里，然后追肥。直到几天以后，你再来地里打量，整片地里的绿色就显得均匀了。母亲说，只有这样，来年春天，整块地里的油菜花才开得齐整、匀称。

地块的边缘，母亲会间隔地种上蚕豆、豌豆，呼应着油菜花盛开的，往往是蓝紫色的蚕豆花、白色的豌豆花。她们都只有指甲般大小，低眉顺眼的，蜿蜒地围着金黄的地块，摇曳生姿，曼妙生长，像大地的花边，在春天里接受蜂蝶的亲吻，嗡嗡嗡地呢喃。那一刻春风的声音里，流淌着大自然的爱语。

据说，油菜花的花语是“加油”。这也真是实至名归。用油菜籽榨成的菜籽油，香味浓醇且香飘溢远，俗称“香油”。五月里，以新鲜的小麦粉、鸡蛋、韭菜作为食材，掺水和成均匀的粉泥状，倒在锅里用烧热的香油煎，摊成薄薄的小麦粑，一直是在家乡传承很久且风味独特的时令小吃。

可我还是觉得，那些开在清明时节的油菜花，还有另一种寓意，特别是在游子的心里，他是乡愁的载体。“陌上花开，可缓缓归矣”，也许，在每个游子的心里，都有一帧最美的油菜花照片，那一定是他家乡的油菜花！因为，只有在家乡的那一片油菜花景里，他才能找到专属于自己的童年的影子和青春的故事。一春又一春，经年累月，那些尘封于心底的故事，被清明的雨水打湿，以油菜花的姿态疯狂地燃烧，燃成眉间欲语还休的乡愁。何以一解乡愁情结呢？也许只有一次又一次地回乡，在故乡的油菜花丛中，流连驻足，闻香赏景，方能缓解。于是，一年又一年，油菜花开的季节，便是游子返乡时。

转眼，今年的油菜花又如约地开了，虽是寻常花朵，但俨然又一次成了大地上的主角。特别是最近，在我们枞阳县举办的首届油菜花节征文活动中，我陆陆续续看到了熟悉的文友们倾情书写各自家乡油菜花的文章，有铁铜的花海，有浮山的花径，还有白云岩的油菜花……正是她们，连成片，串成海，成就了锦上添花的“大美枞阳”。

草本植物油菜花，经过冬天，在比较冷的环境里顽强穿越，一路芬芳，温差愈大反而更利于生长，可以说是十分坚强的植物了。她们没有鹤立鸡群过，也没有一枝独秀过，就这么成群结队，普罗大众般地怒放在春天的大地上。虽然普通，但每一朵花来到世上都不容易，都应该得到尊重和呵护。

《南齐书》记载：南北朝时有个叫江泌的读书人，慈悲仁厚。其母死后，江泌认为母亲生前缺乏衣食供养，所以江泌凡是遇见油菜都不吃菜心，只吃旁边老叶，有人奇怪，问他原因，他说菜心包含有“生”的意义。

原来，他是恐怕伤了一朵花的生命。善哉，“陌上花开处，自有惜花人”。

油菜花开，乡思如海

何亚兵

（一）

想家是不需要理由的，却往往都会有个由头。这由头多是故乡的山川河流、花草树木、民俗风物，不经意间闯入脑海，涌上心头，牵引出无限乡愁。

《晋书·张翰传》载："翰因见秋风起，乃思吴中菰菜、莼羹、鲈鱼脍，曰：'人生贵得适志，何能羁宦数千里，以邀名爵乎？'遂命驾而归。"宦游在外的张翰被秋风挑动乡思，念叨起故乡味道鲜美的菰菜、莼羹和鲈鱼脍，于是提笔写下著名的《思吴江歌》："秋风起兮木叶飞，吴江水兮鲈正肥。三千里兮家未归，恨难禁兮仰天悲。"甚至以此为由，去官返乡。

当然，张翰辞官并非真的为了这一碟菰菜、一碗莼羹、一口鲈鱼，主要还是与时局有关，嘴馋家乡美食更多只是一个借口。当时，预料到乱局将起的辞官者也有不少，只是他们辞官的理由且装且佯，都比较寻常，不为时人所记，也就默默无闻。张翰是官员，也是文人，有一种浪漫主义的真性情，以“莼鲈之思”为由辞官，大概就与“世界这么大，我想去看看”的辞职理由一样，未必是真心话，却饱含着一种自心散发的真情绪。

不过，也正是这种纯粹真挚的个体情绪，使得本来有点无厘头的理由变得无比强大动人，“莼鲈之思”慢慢成了思念故乡的代名词，以至于后来诗人频频借用。你能想到的那些唐宋大诗人，比如崔颢、白居易、元稹、皮日休、欧阳修、苏轼、辛弃疾、陆游、米芾等等，都曾在诗中用过这个典故，一如不少辞职者也情不自禁地在白纸上潇洒写下“……这么……，我想去……”，未必只是任性的模仿，而是确实生发了某种共鸣。

因想家而辞官，在今天大概是要被斥为“没有出息”的，但是在古代文人士大夫的思想语境里，却是一种豪迈的浪漫与可贵的豁达。不怎么喜欢真心夸人的李白，却在《行路难》中这样称赞：“君不见吴中张翰称达生，秋风忽忆江东行。且乐生前一杯酒，何须身后千载名。”李白对张翰的诗歌与行为都非常称道，不愧是“真爱粉”。李白还在《金陵送张十一再游东吴》一诗中大大点赞了张翰，开篇直陈“张翰黄花句，风流五百年”，把张翰的诗夸到了天上。“黄花句”源自张翰《杂诗》，诗中写道：“暮春和气应，白日照园林。青条若总翠，黄花如散金。”这里的黄花不是菊花，从节令上看应是菜花，也就是今天的油菜花。

油菜，古称芸薹。据考证，油菜在中国的栽培历史很长，距今7000—6000年前的半坡社会文化遗址中就发现了菜籽的踪迹。东汉服虔编撰的《通俗文》中记载，“芸薹谓之胡菜”。宋代苏颂编撰的《本草图经》中开始采用“油菜”这一名称。其实，最早芸薹是作为蔬菜食用的，后来发现芸薹的种子能压榨出油，于是人们就将其培育为两种不同的作物：一种用来吃叶子的叫作“菘”，也就是今天的白菜；另一种则专作榨油之用，也就是油菜。

不只张翰有能够“发现美的眼睛”，写“菜花”之美的古诗文比比皆是，更何况油菜还有极高的经济价值。喜欢写诗的乾隆帝自然不会放过这一题材，也曾御笔一挥夸道：“黄萼裳裳绿叶稠，千村欣卜榨新油。爱他生计资民用，不是闲花野草流。”诗虽平平，倒也通俗易懂，写出了诗家审美视角之外、官家民生视角之中的油菜。从这一点上来说，乾隆虽算不上是一名杰出的诗人，但应该算得上是一位称职的帝王。

就像张翰，无论为何辞官归隐，他都是吴江最合格的游子。

（二）

美食让人想念故乡的味道，美景则让人回味故乡的风情。农历二三月间，乍暖还寒时分，正值油菜花开，在广袤的江淮平原上，一片片翠绿托起明黄地毯，一阵阵春风吹皱金色花海，伴着温润的气息，花香渐次侵袭，啁啾鸟鸣，蝶舞蜂飞，好一幅乡村图景，好一曲田园小调，美得令人心旷神怡，美得让人不忍相扰。

菜花之美，大抵如斯。

长江中下游平原地带，水系发达，湖塘众多，是水稻、棉花、油菜等农作物的重要种植基地。作为一种最常见的经济作物，相较水稻种植的费时费力及廉价产出，油菜则要好侍弄得多，菜籽的价格也高上不少。很多年里，菜籽都是农村家庭少有的“压箱底钱”，老人看病靠它应急，孩子上学靠它积攒，买点鱼肉改善生活靠它接济……小镇上那散发着浓浓香味的榨油坊，是油菜花开最美的期望与最好的归宿。

但在当时，在人生的某一个段落里，与很多未曾别离故乡的人一样，我也未曾碰到寻拾菜花之美的机缘。我曾无数次从油菜花中穿行而过，内心安之若素，没有一丝波澜，平淡到就像面对每天呼吸的空气。我甚至有点厌烦油菜花那略显浓烈的气息，它让我感觉到有一点沉闷，有一点起腻，就像面对村子里所有熟稔的泥土路，以及田野间纵横蜿蜒的河沟一样，并不觉得有什么诗意。当然，油菜花并不会介意我们是否喜爱它，它总是轰轰烈烈地盛开着，散发出抢占整个春天的欲望，在长达一个多月的花期里，黄是田园风光的主色，悄悄烙印在岁月的季节里。

记忆在离开故乡多年后浮出脑海。有一年，在下班途中的建筑工地上，我偶然邂逅了一丛即将被挖土机铲掉的油菜花，禁不住停下脚步，凝望着这翠绿的叶、明黄的花，那熟悉的花香也随之钻入鼻腔，涌入心腔，直到挖土机三下五除二将其铲了个干净，才怅然若失般离去。离去之后便是寻拾，寻拾故乡泥土路边的无名野花，寻拾故乡田野间满是水草的沟渠，当然，更要寻拾记忆中的油菜花。就这样，无数本该早已遗忘的场景，都一丝一点幽幽浮现，似乎从未走远。

川端康成在《花未眠》中说："美是邂逅所得，是亲近所得。"这与其说是一种独到的审美体验，不如说是一种有趣的情感经验。有些美是一眼就能捕捉的，有些美却需要借助重新发现的机缘。很多事物，可能一开始我们并不以为意，甚至会习惯产生莫名的抵触情绪，但在长时间的亲近接触下，却会慢慢发现其中的妙处，以至于偶然丢失后会无比感伤，会重新发现未曾留心的好。丢失，本身就是一种机缘；寻拾，则是下意识地发现。

于是，"朝花夕拾"也自有乐趣。在网络上搜寻着故乡的风景、故乡的村庄、故乡的小径、故乡的田野、故乡的油菜花，每一帧图片都让我怀念惊喜，无数曾经熟悉到有点腻味的景象，却成为此刻孤寂夜里最温暖的安慰。一段段在村庄里、在田野间、在河沟边丢失遗忘的时光，都在记忆的邂逅里串联成线，指引着思念和回味的路径。美是什么？美是村庄薄暮中袅袅升起的炊烟，是村口洒下一片阴凉的老榕树，是老屋后蜿蜒伸展的泥土小径，是田野间无名沟渠里的潺潺流水，是一丛丛往返路上无数次穿行而过的油菜花。

远离一如丢失，成了再次邂逅亲近和重新拾起发现的机缘。设若不是离开故乡，我大概也不会重新感悟油菜花之美，虽然乡愁一定还会借着某种载体涌现。但此时此刻，油菜花最好。我将一枚精心挑选的油菜花图作为壁纸，每天只要打开电脑，那熟悉的油菜花海就扑面而来，每一株都那么泾渭分明，暗紫的菜秆沉稳坚毅，翠绿的叶子春意醉人，明黄的花蕊笑意满怀，圆润的水珠点滴其上……

就像向日葵，给予了凡·高于逆境中找寻阳光的力量，故乡的油菜花给予了我填满羁旅空寂的无边温情。

三

油菜花开，乡愁如海。眼前的景与心中的情，就这样恰如其分地耦合起来，如同锁钥一样，在闭合的闲暇里，将记忆闸门无限打开，也将故乡情思无限发散。

故乡双溪河畔，阡陌纵横，沃野一方，河流、池塘、沟渠星罗棋布。沿江的每一座城镇、每一所村庄都会有一个好听的名字，每一个名字背后就是一个动人的故事，或者一段悠久的历史，就像村庄周围每一条有名字的河流一样。具体到老家村庄，已难以去溯源“塔龙湾”这个名称的来源，也很难去探寻村口土地庙被称为“龙庙”的初因，更不用说去索求“龙沟”和“龙潭”这两条村外河流名称背后的故事。龙庙里土地公坐镇一方，村外龙沟与龙潭两河遥遥相望，以并行的姿势将田野二分为三，日夜滋润着这片土地上的所有生物，那些长的鱼、短的虾，那些红的花、绿的草，那些或飞跃或潜伏的虫子，那些养活村人的菜蔬和庄稼……

故乡的油菜花就在这里盛开着，年复一年。或许“龙”确乎有玄妙的加持效用，这片土地上的庄稼格外丰饶，就是这寻常的油菜花，也显得比别的地方要茂密，要醒目，要浓烈，有着一种惊心动魄的美。我看过不少地方的油菜花，婺源的梯田花海有一种小巧精致之美，罗平的万亩花海有一种大气磅礴之美，汉中的盆地花海有一种金装艳裹之美，兴化的千岛花海有一种碧水黄衫之美……各有各的美，于我却少了一种灵魂深处的震撼，因为这不是故乡的油菜花。故乡的油菜花被乡愁浇灌着，一直在游子心头盛开绽放，年复一年。

和朋友一起去某著名油菜花景点赏花，那油菜花海名不虚传，铺天盖地，汹涌澎湃，让人叹为观止。或许是为了提升内涵，菜花节主办方在不少仿古建筑前后也都栽满了油菜花。红瓦青砖白墙，在金黄的油菜花海中格外引人注目。有那么一会儿，猛然生出穿越千年的错觉，似乎正附体在王维或者孟浩然身上，心中涌动着无数的诗意来。可是，走近才发现，这些油菜花都是新近人工移植的，待花期一过就将被清除干净。刹那间回归现实，哪里有什么诗意之美，有的只是世俗套路。

定位为观赏，油菜花就必然输了。油菜花的美不只是花开之美，最美处还在于菜籽的惠民之美。脱离土地进入园圃或者花盆，告别乡村和农人进入城市，就再也感受不到其中的质朴情韵，更不消说寄托如海的乡愁了，等待的必然是抛弃和遗忘。所幸，现阶段油菜花的经济价值远胜观赏价值，除了少数人工打造的景致，更多的油菜花海依然喷涌在广阔的乡村土地上，不为游人喜恶所动，不因春去花落而伤，安心等待着一场孕金化油的盛宴。

某年春节，去离家十数里的桂坝走亲戚，表弟陪我在江堤上溜达。江水微澜，春风浩荡，不远处江心洲上的油菜花竟然早已星星点点，在一片翠绿的菜叶里犹如火苗初生，别有一番意象。表弟告诉我，若夏季雨大水猛，这江心洲就作泄洪之用，可能最后就是辛辛苦苦白忙一场。但是村人不在乎，只要有机会，他们就会在田间地头，在坑洼旮旯，在所有目见的缝隙里播种希望；油菜花也不在乎，只要有地方，它们就会拼命生长，迎着阳光，迎着风雨，只为开花结籽，回馈村人以希望。这些，只有村里人才懂，只有在外的游子会懂。

离开故乡的日子里，季节与年轮的界限很多时候都是模糊的。偏偏记忆里的季节是那么分明，年轮是那么清晰。我会在脑海中想起故乡的各种风物，各色不知名的花草，以证明自己并不曾在时空中远离。我会想，春天院子里落英缤纷的桃花，夏日屋后洁白甜腻的一树槐香，秋季篱笆边上的粉色墙角蓼，冬夜窗外飞舞飘逸的雪瓣，还有那早年间覆盖了整片田野的红花草……只要这些花草还在脑海中飘荡，故乡就不曾把我抛弃和遗忘。

有一日清晨，我从租住的房子里走出上班，路过一条平日走惯的巷子，在巷口拐角处突然嗅到一缕熟悉的芬芳。我不禁抬头望去，一束粉红的桐花在树顶盛开着，正在空蒙天色里等我，等我邂逅老家村口的那一树桐花。桐花万里路，连朝语不息。一瞬间，我的眼泪就抑制不住地滴落下来，滴落在异乡的土地上，滴落在熟悉的桐花前，滴落在无边的愁海里。这不是一束桐花，这是一串打开故乡的密码。就像油菜花开，随风起伏，载动如海乡思。

陌上花开缓缓归 | 高　婷

春天，是诗的季节，那满目金黄的笑靥是最好的诠释，那一朵朵在风中微笑的菜花，便是诗最美的韵脚，在每一个游览者心里流淌出最美妙的歌声。

乘着风，踏着最美的弧线 G347，欣赏这独一无二的百里花廊，那是枞阳和铜陵的“最美连心路”。带着回归的心，欣赏着造物者最好的安排。走在春天的路上，一路繁花相迎。

我看过婺源那一场漫山遍野的花朵狂欢，蜿蜒绵延的油菜花错落有致，粉墙黛瓦的搭配，美得高调；也看过响水涧那乡间梯田古典朴素的油菜花，方方正正地潜藏在大地上，缺少情趣；却从没有看过枞阳这么盛大的视觉盛宴，我不禁心潮澎湃，激动不已。“姿容清丽厌奢华，淡淡平平不自夸。”那亿万朵小花构成的田野，大片大片地盛开着，像人内心深处迸发的狂喜，湮没一切，渗透一切，且赋予一切貌似无价值的事物以美。还未到达目的地，远处那麦浪般涌来的花朵仿佛已经伸出了最温软的小舌头，亲吻着我身上每一寸肌肤，将我身上的器官一一征服。

极目远眺，她们从未停歇，一路绽放，一路摇曳，她们梳妆齐整、各着云裳，等待着一个个回乡人，等待着一个个旅行者，她期待着在这最美的季节里与你来一场最美的邂逅！我惊叹，因为从未见过这么大片、这么漫长的花海，绿色的茎叶长成幸福的模样，点缀着满眼的繁星，肆无忌惮地在家乡的大地上发芽，生长，繁衍，开花，结果！我以前对油菜花的印象全部被颠覆了！我懊悔，为什么不早一点与她约会共舞？她却微笑着摆摆手："陌上花开缓缓归！"

来到荷叶田田，放眼四周，不禁想起一首诗："油菜花开满地黄，丛间蝶舞蜜蜂忙。清风吹拂金波涌，飘溢醉人浓郁香。"油菜花，她的绿色茎叶生长在家乡的土地上，那么沉稳，安心，不张扬，不喧哗，甘愿做菜花背后的英雄。每一次生长，每一场风雨中，绿色茎叶都是菜花最坚强的后盾！轻轻走进花丛中，看着每一朵小小的菜花缀满枝头，金黄色的花蕊一团团、一簇簇，争先恐后，肆意绽放，好不热闹！蝴蝶蜜蜂在花丛间，嗡嗡地闹着，嬉戏游耍，可能在说着悄悄话吧！微风袭来，暗香浮动，浸透了我的每一滴血液，也浸透了我的心！整个枞阳都浸透在醉人的花香里！我徜徉在花的海洋中，不能自拔。身旁还有撑着油纸伞、身着旗袍的女子，朴素典雅，漫步在花田间，和路边的桃红柳绿相映衬，真是一幅醉美菜花田园画！

仰望天空，一个个五彩的风筝在空中游动，有花蝴蝶形的，有老鹰形的，还有长蛇形的……孩子们的欢声笑语一直在荡漾着，仿佛空中的一个个美妙的音符。有时误入菜花深处，和菜花亲密接触，满满的都是喜悦！"儿童散学归来早，忙趁东风放纸鸢。"在大人们眼中，油菜花是风景；在油菜花眼中，孩子也是风景！那是生命力最有力的见证！

游荡在岱冲湖边，"四面菜花三面柳，一城山色半城湖"，星星点点的紫云英和金灿灿的油菜花相映成趣，交织成一条镶着金边的彩带，在绿水蓝天的映照下，那湖中泛起的层层涟漪，似乎在诉说着岱冲湖最古老的传说。

一阵风吹来，几片油菜花瓣轻轻飘落在掌心，有些花瓣虽然渐渐枯落，却仍可以嗅到淡淡的余香，多少给了我一些安慰。自古以来，文人墨客都对梅花、桃花、荷花情有独钟，对油菜花的关注是最少的，但她从不和桃花等花朵争艳，只是在春季悄然绽放，无论是否有人欣赏，她都跳出属于自己的独舞。一代心学大家王阳明曾红遍了大江南北，又有几人知晓他对菜花的情感？“油菜花开满地金，鹁鸠声里又春深”，也许是借菜花慰藉现实生活的悲伤，也许想在这平凡朴素而又伟大的菜花地里寻找一处心灵的栖息之地。油菜花，心灵的倾听者，生活的解语花。

母亲是农民出身，对油菜花的感情更深，她常说，油菜花不像其他的花那样主要为人观赏，她是低调的，默默无闻的。即便不小心被人采摘玩弄，却经常忘记了疼，从不记仇，用她最终的结局实现她人生的最大价值！她也是坚强的，一抹樱花吹落雨，那些娇美柔弱的花禁不住风雨的折磨，多是临风而落、随雨而残。油菜花不同，她在风雨中挺拔身姿，谱写了一首首坚强的赞歌！因为心怀梦想，身兼责任，因为她知道那是农民一年的期待！

“怀志弗争菊妹宠，只期岁岁籽丰盈”“羞去院庭争宿地，乐来田野绽黄花”，你不仅象征着默默付出、低调含蓄的农民，更象征着所有为祖国山河默默贡献力量的付出者！油菜花，我敬佩你！你给春天画上了一个美丽的句点！

春天，诗的季节。大美枞阳，拥抱油菜花！无论是在外的游子，还是远道而来的游客，放下疲惫不堪的身躯吧，给自己的灵魂放个假！愿你别辜负了枞阳这美妙的春天，赴一场心灵之约！陌上花开，可缓缓归矣！

金黄的枞阳（七章）| 司　舜

一片片油菜花，将枞川大地捂成一片片金黄。

我先是替风赞美花蕊，然后是替花蕊赞美风。你应该知道，风与花蕊相爱的样子多么美！

我还替花蕊赞美了阳光，接着又替阳光赞美了花蕊。

我就这样在春天里活着，不停地赞美。

我走在一条小河的身边，看着轻轻一动就会泛起涟漪的春水，我要赞美它的荡漾。

看到花朵上有蝴蝶，我要赞美它的战栗；看到一只燕子飞过，我赞美它身后更辽阔的天空。

春天，万象更新，在枞阳，我打量这春暖花开的世界，给出阳光在我喉咙里生成的黄金的歌谣。

与一朵油菜花比肩

恰好有风，一个女孩正在风里，这风与女孩的身体一样轻，恰好这女孩正在与一朵油菜花比肩。

她学习花瓣，饮用露水；模仿风，吹出最温柔的旋律。

阳光在她的笑脸上长出芽苞，漾出一小片旋涡。

一个要开花的曼妙身段还不够，还需要一点点天籁，比如一句鸟鸣正好经过她妩媚的年龄，她就找到了春天才能找到的甜蜜。

与一朵油菜花比肩，她越来越控制不住自己花朵一般的模样与心思。

遇见的花都是诗

大的事物，我爱不上，也爱不动，比如浮山，比如长江。大的事物有杰出的爱恋，我来爱那些微小的。

我的爱如蚂蚁一般拥挤。

比如，一小股溪流，它碰到什么，什么就会变得潮湿；比如，一阵很轻的风，挨着谁，谁就会生动。

比如，那些微弱光亮的星辰，看上去和从前一模一样，不可能有谁丢失了什么。

比如，一支藤蔓，它细长，并且继续伸展，带着抑制不住的颤抖。

再比如，一只鸟短促的啁啾，一直不修改，也不补充，那曲别针一样的听觉。

如此种种……

我有一份世上最小的爱，我在用它爱着我经过的一切，爱着一路上碰到的微小事物，尤其是一朵很小的油菜花，那种质朴的灿烂。

它们每一朵似乎都有生命的神灵。

油菜花已经控制不住

枞阳，已经控制不住那漫山遍野油菜花的怒放。在春天，最贵重的黄金，就是油菜花。

叶子，是谁也无法比拟的秀发，就连灰尘似乎也在开花。

风，投入这花红的波澜，有一缕正好经过那棵老树，早就憋着一身心思的老树，突然之间憋出好多新鲜的嫩芽。

控制不住的不仅仅是树，不把这个春天开碎，不向着敞开的远方，不憋出一身劲头，谁也不会罢休。

我觉得，似乎还有些什么，将在我发呆的间隙纷纷出现。

而且，不仅仅只有黄金。

油菜花是我喜欢的模样

越长越是我喜欢的模样。面对土地，她鞠躬，溢出内心的爱，她舞动旋律的身姿柔软、生动，一点也不做作，更不妖娆。

风一吹，她就矮下去。

也许，她会惹上谁，可能是想与她媲美的女孩。

田野真好啊，放谁在上面，谁都美。

就像这一望无际的油菜花，每一株都在比赛似的往金黄里开，直到纷纷将自己开破，撑都撑不住了，要多美就有多美，是喊也喊不住的美。

多么像幼儿园的小女孩，我蹲下来，用喜爱向她们行注目礼。

春风吹着油菜的恋曲

春风，吹着美丽的油菜，那是钟情的恋曲；花，吹着兴奋的我；我，吹着自己怒放的心……

阳光如同漂亮的护士，扶携着新叶。一匹绸缎的光，将菜秆打扮成婀娜多姿的新娘的身段。

没有比芬芳更幸福的拥抱。

没有比艳丽更动人的诗。

没有比暖意更深的淹没。

我，一张尘世的脸即使苍老，那波纹也被这幸福抚平。

尤其是在暖阳下，阳光携带着春风，携带着油菜的姣好模样，她要紧紧拥着的是，比爱更爱的东西。

包括小鸟们欢快的琴声，还有怀有身孕的土地甜美的声响。

油菜花是最亲的乡愁

唯有油菜花，才能将阳光挤出自己身外；唯有阳光，才能拿走油菜花的香气。

天空低下来，想揽住所有的花香。我抬起头，拥着自己的迫切，我也想揽住一丝香气，我还想听到香气流淌的声音被谁带回家去。

香气将我一再放低，低到风也去不了的心坎里。

香气把土地也喊熟了，喊香了。

土地熟得像刚醒的美人。

一只鸟飞过，树枝里晃动的都是颤巍巍的心事。

我终于明白，为何我的血液里沾染的都是油菜花黄灿灿的乡愁。

流水里的花事

钱爱慧

那是一个明媚的下午，我行走在开满油菜花的小河埂上，迎候一个人来。河埂弯弯。

两岸坡地上，水田间，油菜花泼泼洒洒，一路涉沟渡水，飘逸沁人的甜香。轻轻翕动鼻翼，花香扑入鼻息，好似触在婴儿肌肤上的轻吻，甜甜的，柔柔的；又好似我怎么也掩饰不住的心中甜蜜，久久凝在唇边的微笑。

我忍不住眺望，社崇河的方向遥遥不见人影，但见对岸高地里一片绚烂的油菜花，宛如一幅金丝织锦，依依飘忽在社崇河河堤上。绿树村庄是它的绣边，红瓦高楼是它的顶饰。万物静美。我望眼欲穿，忽又有些矜持，不觉放慢欢快的脚步。

回头一望，村庄已渐渐沉入山与树的光影，在村口大片大片油菜花田的映衬下，显得沉静又温暖，如同一位高贵的妇人，秀丽而不失端庄。庙南坡顶，斜阳红着脸，像一个不胜酒力的汉子，意兴阑珊，蹲在树梢上窃窃笑望着我，仿佛在说，傻丫头，回去吧，他不会来了。我一顿足，好一阵心慌意乱，不知是回村，还是继续沿着河堤向前迎他。

他会是个说话不作数的人吗？明明说好，今天我们在这里相见，他又大半天不来，只有我一人傻傻站在河堤，花痴似的，东张西望。这一幕要是被村里人撞见，如何是好？想我一个姑娘家的脸，真该丢进社崇河的水里，洗洗去了。我窃窃羞恼，却还是不知不觉来到临近社崇河岸边的小圩埂上，翘首以盼。一颗心仍旧欢喜得扑通乱跳，是否，离他更近，心便更切？

我不再向前，立在河湾处等。

这里原是江湾小河的尾端，被河中一座土石桥截断主流，与东边的一段社崇河堤，还有南面的小圩埂，合围成了一个狭小的三角洲。在这块不大的洲地上，村民们年年耕种，年年期盼，可因内涝或洪水，等来的常是颗粒无收。眼见那些长势良好快要吃到嘴里的大豆、花生，一点一点沉入水底，母亲几乎每天都要悄悄跑来一趟，默默立在河埂，望“水”兴叹。有时她不顾危险趟入水中，摸寻河滩通往洲地那条又窄又长的埂路，捞些地里被淹的作物茎干回家，喂猪，或晒干为柴。来年春耕，她又早早荷锄而来。是的，只要地在，收获的希望就在。后来，沟渠河道排水设施渐渐完善，村民们又一起改种油菜，年年三月，这里都是一片油菜花海。五月，连枷乒乓，再很少有人见河水渐涨而日夜坐卧不安了。油菜秋季播种，来年汛期到来之前，大都已收割完成，长荚殷殷，珠润粒圆，母亲喜不自禁，连说这是块风水宝地。

眼前洲地上，油菜花花事正浓。黄萼裳裳，绿叶亭亭，倒映在水里，铜墙铁壁般护卫在地头岸边。一阵风过，微波荡漾，铜墙铁壁开始摇晃、飘忽，尔后渐渐浮散，变成无数道曲曲弯弯的黄色波痕。这时，你的目光往往会被岸地上那片摇曳的花海一下吸引过去，看无数黄色花瓣如何一齐随风灿然舞动，看蜜蜂蝴蝶翻飞黄色海洋里的娇俏身姿，一秒……两秒……三秒……当你还没来得及收回多情的目光，水中幻景，早已重现先前的模样。我心醉神迷，竟在一处临水的花影里辨别自家的几垄油菜花来，浑然不知，那人已到身边。

这里真美！你看，河那边……

那人指花指水，又指向社崇河对岸，顾左右而言他。我羞羞涩涩“嗯”了声，故作大方，看他手指的方向，一边用余光偷偷打量，瞅他说话的动作，瞧他走路的样子，瞄他英俊的脸庞，看他挺拔的身姿……他看花，看水，也看我，满眼柔情蜜意。河水静静流淌，漾起花香的细细涟漪，一层，又一层，悠悠消逝于河的另一岸，仿佛岁月的尽头。我突然听见心口有个声音悄悄说，就是他！就是他！那一刻，紫云英在私语，油菜花在偷笑，夕光映红了我的脸……

“你这个疯丫头，不听我的话，日后有你好果子吃！”

母亲的盛怒，终是没有赢过我年轻、单纯又倔强的心。在一个爱做梦的女孩心里，我总以为，恋爱和婚姻，永远都和春天一样美好——风和日丽，水暖花开。

从此，这里成了一条回家的路，往东是婆家，往西是娘家，中间流淌着一条长长的社崇河。我从这里经过，经过青春，经过风雨，经过花开，经过岁月。在这条回家的路上，我遇见许多熟悉和陌生的面孔，他们或辛勤劳作，或闲适垂钓，或乘车路过，或匆匆一瞥，或驻足凝望，看白鹭天上飞、野鸭水里游，听风吹花香草绿的声响……

生活这枚果子含在我嘴里，不好也不坏，不太酸也不太甜。被那人气得眼泪汪汪，想起母亲的话，有时也会后悔不已，总怀疑是那个阳光明媚的下午，油菜花迷乱了我的双眼，流水扰乱了我的情思。我们吵吵闹闹半辈子，也相守相欢了半辈子，日子依然，一半平淡，一半欢喜。生活不只是锅碗瓢盆的叮当、鸡毛蒜皮的较真、功名荣华的追逐，它还有开在心头的那片油菜花海。它是一块心田，在这里，人人种瓜得瓜，种豆得豆。

爱上一个人，从一条河流开始，让它带走淡淡的烦忧，留住一份欢喜。守住一个人，从一株植物的花香开始，让它尽情绽放，盛满岁月的芬芳。

早上，我穿过喧闹的杨家市街道，又一次骑行在回家的路上。社崇河两岸，捣衣声声，油菜花正在恣意盛开……

枞阳春笺（二章）

章乐飞

油菜花

回枞阳去，到枞阳去，去观赏枞阳的油菜花。打开微信，跳跃的都是朋友们像油菜花朵似的笑脸，有油菜花一样浓郁味道的芳香。

你从沿江沿海的地区来，从南京、上海、杭州来，到铜陵即进入枞阳的 G347 或铜安公路；你从北方的中原地区来，从合肥、郑州、济南来，到合肥即进入枞阳的桐枞公路，明年即可上合枞高速公路了。扑入你眼帘的是大自然温暖的色调，是金黄的时光，是时光上跳跃的金色音符。旅游大巴车宛若在金色的海洋里旅行，朵朵浪花是金色的，层层浪谷是金色的，每一位旅游者的太阳帽在闪烁的霞光下似一朵朵油菜花瓣，与金黄的油菜花融为一色，霞光艳艳。

阳春三月，漫步在 G347 的国道上，你就变成了一枚金色的墨点，似蹁跹的蝴蝶，似嗡嗡的蜜蜂，陶醉在五谷的馨香里，淹没在金色的海洋里。国道从东西方向贯穿于枞阳沿江平原，宛如一条黑色的绸带镶嵌在黄灿灿的丝质的地毯上。广袤的原野上，村庄、树木、房舍如一枚枚墨绿、黛绿的纽扣连缀在一件件金羽衣上，村庄弥漫着闲适的人间烟火气息，田园里张扬着时尚开放的人文气象。朋友，你若是第一次到枞阳来，一定会在油菜花丛里、阡陌小路上迷路的。要不，你就跟着怀揣画板的画家或者肩扛相机的摄影师，这样就不会走错路的。他们年年来，熟悉这里的一花一叶、一草一木、一沟一壑，他们有发现美的慧眼，能找准观赏最美景色的最佳角度。要不，你就随着蜜蜂吧，盯着蜜蜂振动的翅膀，顺着它飞翔的路线，哪里的花朵正开，开得正艳，它了如指掌。花瓣如婴儿的小手在伸展着，花蕊似婴儿的小脸蛋儿在微笑着，你一抬头，你一俯身，他（她）们摇动粉红的小手，晃动嫩红的脸蛋，跳呀、唱呀，像幼儿园里操场上的小朋友一样欢呼雀跃，你不想张臂伸手拥抱吗？你不想和他（她）在一起欢度春天的美好时光吗？要不，你就跟着到菜园里摘菜的大爷大妈也行，他们会领你到一片花海的制高点上，遥指小河的交错、村落的棋布、桃李的点缀、群峰的蜿蜒。他们会边走边向你介绍油菜的种植方法、产量与原始木榨榨油的过程。这油菜有经济收入，现在发现它又有旅游观赏价值，这是一件多么好的事情啊！花香袭人，油香袭人，玩累了，你就到村庄里去，农家乐在等着你呢，那是一桌原汁原味的枞阳乡村土菜。

“百亩庭中半是苔，桃花净尽菜花开。”我们在欣赏梨白桃红后的春光里，惜春伤春的情怀总是在心胸不能排解，落落清欢的忧愁也在心头萦绕。还是走进乡村吧！走进枞阳的原野里！漫山遍野、广袤无边的油菜花会让你眼前一亮，心头一热。桃花虽红，梨花虽白，哪里有菜花这么的灿烂辉煌、热情奔放、充满生机、充满希望。黄色是在所有颜色中最能发光发热的颜色，它像橙色和红色一样，是温暖的色彩，是火热的色调。你把疲惫的脚步迈进这浩瀚的油菜花丛吧，让大自然的色彩装饰你，既妩媚娇艳，又深沉端庄；既显活力奔放，又藏青春梦想。

柳树林

柳树，枞阳人俗称杨柳。到枞阳来，你别忘了枞阳的柳树林。

在枞阳县城关，举目皆是柳，在莲花湖、连城湖，在湖滨路、长安路，在莲花湖公园、羹脍赛湖畔……

在枞阳乡下，遍地是柳。长江堤外的江滩上、湖岸边、河沟处、房舍旁，每一棵柳树都是一道靓丽的风景，每一排柳树都映绿了白花花的水面，每一片柳林都温暖着宁静的村庄。

霜后易暖，雪后易晴。

河水涌动，封闭春汛的河冰渐渐有缝。九九八十一天的等候，“四九五九，河边看柳”的那一刻惊喜。人在张望着柳，柳在窥探着人。你看：柳臂倾悬，纤手遥指，河水生皱否？

柳苞饱满欲裂，新芽渐次绽露。“杨柳于人便青眼”，是的，柳叶初生，形如媚眼，藏着温馨温暖，显露朝气力量。

“一笼金线拂弯桥，几被儿童损细腰。”扯一截柳枝，左拧拧，右转转，就是一支天然的柳笛，含在嘴上，鼓起腮帮，天籁之音就在春天的大地上奏响。

柳枝丰盈，婀娜，清爽，多姿，多态，多形，多貌。老柳如老人，新枝若年少，都有拿得起放得下的心态和骨劲，与日月不争不斗，不攀不比，不卑不亢，以自然之身躯沐浴阳光雨露，砥砺寒雪冰霜。它静时，若乖猴倒挂，淡定从容，心胸坦荡，和友，和邻，和邦；它动时，似小儿秋千，豪气万丈，敢与飞燕试比高。老枝稳重端庄，举止有度，一枝摇，百枝摇，它似乎是一场舞蹈的总指挥，向左向右，向前向后，是风之琴、水之拍、虫之曲、鸟之韵的和谐相奏。

柳树的身躯威仪刚强。它经历寒热的砥砺与雨露的滋润，坦然面对风月过往。不娇气不高傲，不卑微不张扬。紧紧拥抱泥土，吮吸泥土的乳汁茁壮成长、蓬勃向上，还一片绿荫于天空、大地、河塘。“有心栽花花不发，无心插柳柳成荫。”一截柳桠，在山地、河岸、滩涂不择肥瘦，只要一“插”，就可安身立命，托起一片蓝天，招引百鸟和鸣、百花竞放。

柳，有韧性，有曲性，有刚性，有铁性，有人性。木犁、木耙是柳，锹柄、锄柄是柳；端午戴柳，惜别赠柳。它从河岸上走来，它从沙滩上走来，它从村庄里走来，走到庄稼人的心窝里，走进诗经曲赋，走入唐诗宋词，成为中华民族文化的符号和民俗文化的坐标。

清代张潮的《幽梦影》有言：“物之能感人者，在天莫如月，在乐莫如琴，在动物莫如鹃，在植物莫如柳。”在枞阳春游，拥抱一株柳留影，浮躁的心气静了，怡然之态，神韵天成；在枞阳行走，与一片柳林对视，让人记起“左公柳”“隋堤柳”“章台柳”“寒食柳”，你一定会留念枞阳县城“三面荷花四面柳，一城山色半城湖”的宜居宜游的柳林风景。

柳树——中国柳，从远古走来，它是原始农村、农业、农人拓荒者的支柱，挺起了几千年农耕文明的脊梁。如今，在枞阳的村落、城镇，柳树带着时代的气息与早春的喜讯，映衬着大地菜花的金黄和蓝天云朵的洁白，又成了一道别致的风景。

菜花依依

汤　流

那年的油菜花开得瘦，穷山恶水的缝隙处缀着星星点点的黄色，像一块又一块补丁。六岁的依依跟着姑姑渡过横埠河，翻过大青山，小小的身影很快消失不见。她要去江南，第三个妹妹刚刚出生，算上姐姐，家里已有四个女孩了。

江南好，鱼米之乡，有吃有喝，姑姑因此远嫁江南。依依不懂这些，临走时，妈妈哭着对她说，到那边不要想家，要听话，有什么委屈跟姑姑说。她懵懂地点点头，以为去姑姑家做客，想妈妈了就可以回来。

但她没有跨进姑姑家的门，就被姑姑领着交给了一户人家。姑姑对那家人说，孩子领来了，有胳膊有腿的，人也机灵，不是不得已，哪个舍得？我看你们心眼好，也喜欢孩子，才说服了哥嫂，可要当亲生的，将来有个养老的。又对依依说，这是新家，以后叫他们爸妈了。

依依望着陌生的“爸妈”，没有喊，也没来得及哭，姑姑转身走了。

依依到底哭了，她一遍又一遍重复：“我要回家去，我要回家去……”

“爸妈”脸色由晴转阴，表情由欣喜到茫然。依依的哭喊撕心裂肺，空气中布满一个又一个空洞，他们不知道怎样填充。多年无子，依依的到来既让他们兴奋，也让他们手足无措。抱养的小狗都要吵夜几天，何况人！他们心里没底。

第二天，依依不哭了。她呆呆地望着窗外，满眼尽是黄色。江南的油菜花开得比家乡旺，一大片一大片的。依依没见过这阵势，她被锁在屋子里，像掉进了黄色的陷阱。那颜色那气息从四面八方喷涌而来，排山倒海般将她湮灭。她头晕目眩，感受到一万只蜜蜂在眼前飞舞，一万只蜜蜂在耳边轰鸣。她不说话，内心里却贮存了一万种声音。想家时，就取出来听——横埠河的水声、伙伴们的嬉戏声、妈妈的喊声……依依心里有台留声机，每种声音都指向一条回家的路。

第二年春天，江南的油菜花依旧在身后开成海，依依瘸着腿跟在姑姑身后，逃离了那片海。姑姑有点难为情地对她妈妈说，才半年就得了小儿麻痹症，人家也医了，但还是瘸了。丫头脾气犟，不爱说话，不讨人喜欢，运气又不好，那家人怀上了。

妈妈又抹了眼泪，爸爸不声不响地买回十几只鹅，家中的小狗倒是亲热地摇着尾巴。依依一瘸一拐地将鹅赶进门前池塘里，找个背风处坐下。她一坐半天，也没人找她玩，伙伴们有意无意躲着她。才一年多，她的口音里夹着明显的江南尾音，一开口就疏远了。走路也愈发难看，走一步，半个身子倾下去，再起来，再倾下去。她像个倒霉蛋，谁沾惹了就会有霉运。

“跛子跛，开茶馆……”没多久，三子和二狗开始当面嘲笑她。她面红耳赤地争辩，受到更多的奚落。有时，她也用大声谩骂回敬他们，但这有一定的风险，因为会随时招致集体围攻。不幸的是，我必须和她待在一起，那年我家也养了鹅。还未上学的我，理所当然地要去放鹅。

但我情愿一个人玩，也不理会她。

有一天，我玩在兴头上，忽听有人断喝：“这是谁家的鹅？非打死几只不可，看把菜地糟蹋成什么样子。”

我一看，魂都掉了，那人拿着竹竿向在菜地里吃菜的鹅飞奔而去。那些鹅的尾部被涂上了红色，明显是我家的。

一定要出事了！我的腿像灌了铅，怎么也迈不开，只好呆呆站在池塘边，不敢预想将要发生什么。

“别打了，别打了，求求你，是我家的鹅。我没注意，它们才上来的。明天从我家菜地里选些好苗补上……”

依依一瘸一拐地赶到前面。那人上下打量她：“你爸也真是想发财，让你看鹅，鹅都跑得比你还快，你糊弄谁啊！”

明明是我家的鹅，可依依为什么要说是她家的呢？只见依依低着头，任他数落。那人最终住手了，前提是明天必须将菜苗补上。

我暗自庆幸，一场危机过去了，但我不明白依依为什么会在关键时刻“救”我，何况还要在自家菜地里选苗给人家补上，何苦呢？

我没去问她，我变得理所当然——或许她当时没看清，以为那些鹅就是她家的。又或许，她想用这种方式亲近我？

我依然保持着警惕，尽管此后我和依依的关系真的有所改善了。在那些略显无聊的放鹅的日子里，我学会了和她有一句没一句地攀谈起来。

依依似乎很高兴，省下过年的零嘴给我吃，有糕点、米糖、麻花，还有圆圆的糖粑——冬日里很脆，往石块上一敲，碎成几瓣，拣一瓣放进嘴里，又黏又甜，回味无穷。

但一场风波让我彻底远离了她。

母亲听一位会“过阴”的婆婆说，要想把我养大，必须防水，因为我的一位阴间叔叔没有孩子，想要我。破解方法是要在七户不同人家化缘七只铜钱，用绳子串起来套在脖子上，九岁之前不能取下来。

母亲照办，从此我的脖子上多了一串沉甸甸的“饰物”。开始我还有些兴奋，向伙伴们炫耀。时间长了，我越来越烦这个东西，它又重又丑不说，夏天汗水渗进绳子里，有一股说不出的馊味儿，还磨人脖子。我几次想把它弄下来，但没有成功。

有一天，依依说她想把铜钱取下来看看，我说行，但必须把好吃的都给我。依依同意了，我也特别高兴，既得了好吃的，又不受那东西折磨，何乐而不为？

我并未留意依依怎样将那些铜钱弄下来，也忘了在回家之前让她把铜钱重新串上套在我的脖子上。

出乎意料的是母亲的反应。

母亲问铜钱哪去了，我说弄丢了。母亲说哪丢的，我说不知道，母亲说那你带我找一遍。

我只好向母亲招供铜钱是依依拿走的。母亲直奔依依家而去，很久才回来，神情黯然，数落起来恨恨的。在依依家到底发生了什么，无从知晓。想必依依为了讨好别的小伙伴，将铜钱一一分发了。在母亲手里，只有一个追回的铜钱。

铜钱没了，护身符也就不存在了，母亲的担忧愈发严重起来，她怕我每天去池塘边放鹅，万一失足掉进塘里，就应验了巫婆的话。她和父亲商议，把鹅卖了。不久，我进了学堂，依依淡出了我的生活。

今秋开学，校园里人来人往，多是从乡下赶来送子读书的父母。人群中有人叫我小名，我有些恍惚，怀疑自己听错了。在小城，几乎没有人知道我的小名。我四下张望，才在一棵樟树下见到了她。我几乎不能再识别她了，如果不是她一再喊我，如果不是她的瘸腿。映入眼帘的是一位中年妇女的憔悴面容，她讷讷地对我笑着。

“还认得我吧？”

“认得，认得。”

“送孩子到你们学校读书，那个死鬼（死去的老公）喜好打麻将，跟人在麻将桌上打架，脾破了，走了好几年了。我腿不好，不能出去打工，只能在家做点农活……”

依依带来几斤菜籽油，说是自家种自家榨的。我留她吃饭，她不肯。

又是一年春天，油菜花开得漫山遍野，村庄浮在花海里。美丽乡村建设初见成效，横埠河像一条金色长龙蜿蜒向东。置身乡野恍若身处江南，那些长年躬身劳作的人们让这片土地换了新颜。

开车途经依依所在的村庄，我停下来，往事不堪回望，我没有看到她，但在那片油菜花中，一定有一朵是依依。

油菜花又开

杨春虹

时间的脚步永不停息，四季更替，周而复始。转眼间，冬去春来。进入春天，一切都变得不一样了。春天像是个柔情似水的姑娘，春天的风儿轻柔无比，春天的雨细如花针，鸟儿的叫声都比以往更加欢快清亮。世间万物像是特别地喜欢春天，小草们迫不及待地探出了脑袋，树木争着换上了嫩绿嫩绿的新衣裳，花儿们自是不甘落后，在春风中展露出最美的笑颜。就连人在春天里也似乎变得更美了，可能是风景怡人、赏心悦目的缘故吧，难怪说心情才是最好的美容师，细细品味这句话，不无道理。

只因女儿在会宫上高中，我每天便早出晚归地往返在会宫与枞阳之间。虽然这样来回奔波有点辛苦，但是也有些收获，可以饱览春色。道路两边都是绵延的村庄、集镇和田野，这些是城里断然看不到的风景。

每天奔赴在这两点一线间，我分明能感受到春天在一天一个样地变化。这个季节沿途所见最多的要数油菜花了，道路两边的田野里到处都是，明媚娇艳，开得正欢。若是单看某一朵，不怎么起眼，四小片柔嫩的花瓣衬托着中间黄黄的花蕊，需要整体欣赏才好看。单株的油菜花呈现出“芝麻开花节节高”的姿态，整株组合在一起便错落有致，参差不齐，特别好看。若能一大片一大片地欣赏，便能领略其壮观之美。远近闻名的婺源油菜花之所以取胜，吸人眼球，可能正是得益于当地的种植规模吧，上规模才有气势，当规模达到一定的程度，便势不可挡了。如果说婺源的油菜花是大家闺秀，那我们枞阳的油菜花则是小家碧玉，大家闺秀有大家风范，小家碧玉也独具清秀之美。

春天真是个神奇的季节，万物都拔节似的生长，不甘落后。油菜一到春天，更是生长神速，特别是在开花期间，一开始只是悄悄地开出三五朵，根本不能引起人们的注视，只是几场雨过后，再去看时，便不可同日而语了。油菜薹一下子就蹿出很高很高，嫩黄嫩黄的小花也跟着次第开放，越开越盛，让你都不太敢相信自己的眼睛，甚至误以为是出现了某种幻觉。真的感觉只有在油菜花盛开之际，才是春天真正的来临之时。

细细思量，油菜堪称是农作物中最坚强的斗士，秋天播种之后，它便要经受秋天的干旱，继而再去迎战冬天的寒流，好不容易迎来了生命中的春天，但早春的天气也非常不靠谱，一天三变，乍暖还寒。有可能连续几天气温快速回升，暖意融融，突然就刮风降温，更可怕的是还时不时会带来雨雪和冰雹的问候。坚强的油菜就这样经受着生命中一场紧接着一场的严峻考验，真的难以想象它那娇小柔弱的身躯居然可以与风霜雨雪抗衡，从未屈服。春天里它们便长得亭亭玉立，成为最终的胜利者，笑到最后，灿烂地开满枝头，不张不扬，朴实无华。边开边落边结籽，籽还可以榨出香气扑鼻的菜籽油，我们都叫它“香油”。成熟的油菜则呈现出一派谦虚之态，饱满的籽粒压弯了它当初昂然挺立的身姿，谦逊地弯着腰，一天天地变黄，等着农民来收割。

按下车窗玻璃，看绵延的油菜花从眼前略过，仿佛是一幅幅展开的画卷，明媚着乡下的田野。微风吹过，吹开了记忆的锁……

小时候的我，傻傻地分不清油菜与白菜的区别，觉得它们是一样的，总是问妈妈怎么种那么多的白菜，妈妈告诉我这一大片一大片的全是油菜。只有等到它长高开花时我才能认得出来，因为白菜是长不到这么高的。

童年时的我，最喜欢做的事就是在周末不上学时约好几个女孩子一起提着大大的竹篮子，拿着小铁铲去田野里铲野菜，野菜是用来喂猪的，所以就称之为“铲猪菜”。彼时，春风轻拂，明媚的阳光照在我们身上暖暖的，到处都是灿烂的油菜花。辛勤的蜜蜂一边伏在油菜花上采着蜜，一边还嗡嗡嗡地唱着歌，还有美丽的蝴蝶也在花丛中翩翩起舞……当竹篮子里再也装不下野菜时，我们便躲在油菜地里打扑克牌玩，一直玩到夕阳西下，才恋恋不舍地回到家。那“儿童急走追黄蝶，飞入菜花无处寻”中的“儿童”就是童年时期的我们，从学这首诗起，这幅画便深深地烙印在了我的心里。彼时情景，至今想起，依然是那么的美好。

春去春来，油菜花谢了又开，只是青春在这样美好的时光里渐行渐远，一去不回头了。

红尘深远，岁月无边，愿世间所有的美好，都是恰逢其时，正如明媚的油菜花盛开在这美丽的春天，相信这世间唯有爱与春光不会辜负！

那 片 海

朱晓红

是平川，也是汪洋。此时此刻，我如是想。

花海深处，村庄隐逸，若隐若现；河渠沟畔，野花也如繁星，密密匝匝；天上的飞鸟，院落里的家禽，都在各自的世界欢欣悠然；村头巷尾，鸡犬相闻，透现出无以名状的安详与宁静。

涉足花丛，花香馥郁，蜂蝶萦绕，衣服上沾满黄色的花粉，闻之欲醉，只觉得眼花了，头晕了，不知哪是哪了。索性顺着心的旨意，作蜗牛状，慢行其间。阡陌之上，菜花、野花、麦苗，繁茂自在；河沟、树木、沙滩，闲适悠远。整个村庄，动与静，浓与淡，艳与素，相得益彰，一切的一切，都是那么的静谧而美好。

家乡铁铜，长江中下游泥沙冲击而成的江心洲，虽偏居一隅，却汲天地之精华，阡陌纵横有序，树木经年茂盛繁密，四季清明润泽，平日里既无车马喧嚣，也无人流熙攘，民风淳朴亲和，路不拾遗，夜不闭户，淡泊宁静，颇有些许隐士风骨。从高远处看，整个洲似一叶碧荷轻伏江面，洲上无丘无壑，地势平坦，一马平川，土壤疏松易耕种，麦子、油菜与棉花永远是洲上庄稼里的主角。

春风荡漾时，麦苗拔节抽穗，油菜吐蕊含苞。目极乡野之处，葱绿色的底子上镶嵌着嫩嫩的黄，疏淡的树林水墨间披挂着一件丝袍，在春阳朗照下散发着清新幽静的光泽。时值清明前后，那一望无垠的油菜花田，便像一张张偌大无边的金黄色的地毯平铺在那里，繁茂，舒展，安宁。到了秋天，又将是黑白相间的浩瀚棉海，有岁月深沉厚重之意味。在我眼里，它们才是乡村最睿智的代言者，每一季花开都是一场生命的泅渡，是生命与生活最直接的交集与呵护。

洲上面积不大，人口也不多，四时庄稼，因季而生，顺应生存的自然规律，不争不闹，色彩分明，清新怡然。这些平常可见的事物，是生活最本原的存在，谁也不会刻意地去欣赏它的形与色，也不曾去想过那一片片变化着色彩的海洋里究竟有过怎样的惊涛骇浪。

路还是那条路，地还是那片地，油菜花还是开得铺天盖地、惊心动魄。记忆里满满的都是油菜黄、麦苗青、棉花白，它们是旧时困顿岁月里负有使命的事物，有了它们，日子便有了温度，有了期盼，有了深厚的踏实感。菜油与面粉始终是日常美食中的最佳搭档，一勺清亮的香油，一团素白的面筋，在柴火铁锅的烘烤下便能翻腾出胃囊里所有的饥饿感与幸福感。那个时节，空气里似乎都飘荡着油饼的香气，让人口舌生津，胃肠蠕动。舌尖上的记忆是清晰而执着的，它会随着你的感官在不同的声色中自动识别出那特有的、不可替代的生命原味。

那一年，跟随县作协去婺源看油菜花，只因春寒未尽，山峦掩蔽，丘岭连绵，花期比平原地区要迟得多。梯形状的油菜花田，只有些许鹅黄星星点点洒落其中，虽有错落雅致的美，心底却生出丝丝失落之意，脑海里不断涌现的是家门前的油菜花此时正如滔滔海浪，恣意盛开。如此不顾舟车劳顿，舍近求远，所为何来？想必是因风景在别处，心中有太多的未知与期待而生出无限美好，殊不知，走近时，并非内心所愿所想。再美的风景，也不过是他乡行色，根植于心的依然是家乡的一枝一叶，纵然世事辗转流离，仍是深藏心底的一种眷恋与渴望，无论行迹哪里，都能够从心海深处打捞出让自己灵与肉合二为一的精神原乡。

或许，远处的风景，是用来憧憬与遐想的，近处的才是触手可及的人生。可人生是多么现实而琐碎，人间烟火，衣食住行，是风景之外最朴素的渴求，远近也好，美丑也罢，取决于心之所依、心之所向，不仅仅是感官上的新奇与愉悦，更是心底最深沉的热爱。乡野终究是朴实而包容的，它不因你的喜好而改变自身的自然形态，无论繁盛与凋敝都义无反顾，顺应季节完成自己的使命。

我常常觉得，在那一波波轮回的金滔碧浪里，父母亲就像两尾不知停歇的鱼，直到现在已是耄耋之翁妪，白发皓首，躬腰驼背，仍乐此不疲，漫溯其中。无论顺流逆流，都能始终如一，坚定执着，向暖而生。他们从不去思量生存与生活究竟有什么不同，也不会从日日辛劳中提炼出诗意的种子，他们只知道那一茬茬变化着色彩的缤纷花海里有上天赐予的生命能量，以及一鼎一镬一果一蔬里的妥帖与安稳。

很多时候，我们并不十分明白他们对土地到底是怎样的情感，在他们的心眼里，是不是有多少绽放的花朵，就有多少殷切的期盼，就有多少幸福与满足在心海如春风激荡。风吹麦浪，蝶眠花丛，甚至指尖上一朵洁白的棉絮，都是他们眼中最暖心的风景，令他们简单而纯粹地爱着。

“雪沫乳花浮午盏，蓼茸蒿笋试春盘。人间有味是清欢。”仔细想来，世间寻常滋味，莫过于此！

遇见一场油菜花开 | 潘国超

那天，回故乡，遇见一场花开！

我的故乡在风景区白云岩山下，“花果妆成梅子岭，烟霞画出白云冲”，或许是因为青鸟百啭，或许是因为山清水秀，故乡的油菜花盛开热烈而不喧哗，绚烂而不矫情。无论田野中、山脚下、小路边，还是涧水旁、山腰间、崖沟畔，或者房前园、屋后坡、围墙里，只要有一捧泥土，不论是自然萌生的还是种植的油菜花，都不负春天不负己，依势随形，演绎成一团团、一簇簇、一丛丛、一块块、一片片，有张有弛，有疏有密，或飘逸在沟沿水畔，或摇曳在田间地头，或点缀在坝边桥侧，或环绕在舍旁屋后……把故乡包裹成一个金黄色的世界，耀眼炫目，辉煌绚丽。花与山相峙，山与水相依，水与花相映，青山绿水，溪流山峦，炊烟袅袅，花团锦簇，蜂飞蝶舞。风轻时，似一湖水面，泛起一层涟漪，花香漫天飘逸；云淡中，似一帘梦境，掀动一季风情，花蒂娇嫩绽放，让来白云岩观光的游客都情不自禁地陶醉与留恋。

信步于田野间，油菜花好像是与我久违似的，簇拥着，摇摆着，似乎向我问好。我尽情享受着故乡花开的柔媚和季节的美好，碧云天，黄花地，山如黛，水含情，一块块绿莹莹的麦苗，一处处烂漫的紫云英，一片片金黄色的油菜花，相互交错，互相辉映，淹没了纵横阡陌。一方净土，一帘妩媚，“留连戏蝶时时舞，自在娇莺恰恰啼”。一场视觉盛宴，一幅田园风景，一隅诗意家园，油然而生诗人的一种情怀：油菜花开满地黄，丛间蝶舞蜜蜂忙。清风吹拂金波涌，飘溢醉人浓郁香。

置身于花丛中，儿时的过往在眼前浮现。我清楚地记得，童年时，和小伙伴们每每在这个季节，或追逐于花径，或招摇于花丛；或隐于花中吻花香，或钻进花田捉迷藏……有时候，大人们发现我们在油菜田里嬉戏，会扯着嗓子警告我们别踩坏了油菜，别弄落了花瓣，别惹恼了蜜蜂……我们那纯真烂漫的笑声，常常让大人们放下指责我们的手，竟无奈地摇摇头，任我们自由、天真。

玩累了，就静静地躺在油菜花地旁边的紫云英上，伴着艳丽的色彩，沐浴着明媚的阳光，闻着微风吹来的花香，将回家的路和母亲的遥望，还有那炊烟的等待忘得一干二净。那时的我们，不懂什么诗情画意，置身花中，只知道快乐和有趣。

花开正艳时，俏影弄千姿。于我，油菜花是故乡的色彩；于赏花人，油菜花是富丽堂皇的；于故乡人，种植油菜，不是为了欣赏花，而是一种希望，一种渴望收获并对美好生活寄予向往的希望，纪伯伦在《沙与沫》中说过：“春天的花是冬天的梦。”

静默流年，灿烂了生命，安然了生活，静雅了灵魂。春去春又回，花谢花又开，那些曾经属于我的美好并不曾远离。年年春天，我都会回来，等待看一场花开，年复一年……总是相信，在清风和花开的地方，一定有诗和远方，于是，即便是看尽繁花，我也把每个朴素的日子都过成良辰，不让故乡父老失望。

故乡白云岩，现在已经是省级美丽中心村，白云青鸟，岩前村落。青山、小桥、流水、人家，望得见山，看得见水，记得住乡愁，有着

"暧暧远人村，依依墟里烟"的温馨和缱绻。山与水以及这山水中温暖的花开，见证了故乡的美好，沉浸在富足丰盈的时空里。许多时候，对故乡的遥望，娉婷了匆忙的岁月；对故乡的回眸，潋滟了婉约的季节。突然觉得，对于儿时这片亲密的土地，竟然像过客一般陌生。年纪越来越大，脚步越来越远，但故乡的色彩始终深深地印刻在脑海里，对这种颜色的记忆和期许，渐渐地演绎成思念和向往。

故乡，是一种感觉，是一份乡愁，是一个归宿。拈一片花瓣，在繁华里聆听乡音，在流年里守望曾经，在年华里慢慢沁暖。

这个春天，花开掩映着粉墙黛瓦，静谧成诗行，每一首都有乡愁，每一行都是乡情。我随手拍些故乡花开的图片，以便自己往后想家时打开看看，配图的文字是顾城的诗句：我们站着，不说话，就十分美好。

远处，《望乡》歌曲响起。我忽然觉得，在故乡人纷纷外出打拼，身居繁华都市时，枞阳举办油菜花旅游文化节，或许是对他们的一种呼唤，对劳动的一份尊重！这是最象征春天的元素，是对乡愁最大的慰藉……

漫山遍野黄金甲

鲍官明

前几年，一到春天，友人老谢就嚷嚷要到婺源篁岭和江岭去看油菜花，我就暗暗在心里发笑。

远了我不敢说，从我父亲往上数，祖父、曾祖父至少三辈都是种油菜的，所以说我家就是油菜世家。油菜世家还花钱花时间跑好远好远的地方去看油菜花吗？

九月里，收获了的田野，一片狼藉。秋风，自村口腰泊开始迈着大步，旁若无人地掠过整个空旷的北姚庄。趁着晴天，父亲将团三斗、龙窝、连儿田、大塘杪等几个准备种油菜的田地都翻了个遍，然后整成了一畦畦的地。油菜喜旱怕涝，虽然群居，但又各自保持相对的距离。母亲带领着我们，在父亲整好的地上点宕。一人一把锄头一畦地，锄头轻点，人往后退，一排五个宕就像我们作业本上的方格子那样整齐有序地排开。点到兴处，母亲还哼起了调调：“是风哪有北风凉，是人谁比老亲娘。”那时我耳聋的老外婆还健在，每每拄着根拐杖就从塘那边破瓦屋庄子到了我的家中。我们打宕，父亲则在团三斗的田拐烧火粪。稻草包着“馅儿”的火粪包子三四个被埋进了土堆里，只露一点包子杪的草在外面，傍晚时分点着，轻烟升起，直上云霄。不光我们一家点宕，烧“包子”，屋后小叔、高头大伯还有庄子里的其他人家也都一齐点宕，烧“包子”。一时间，整个北姚庄田野里都是人，轻烟低回，那场面，至今难忘。

打好的宕，晒个三五日，火粪也已烧透。天气依然晴好，是种油菜的好时机。我们点种，母亲再三交代，每个宕三到五粒，不能多，也不能少。母亲则捻磷肥、草木灰或鸡屎鸭粪。鸡屎鸭粪又脏又臭，我们不想干也不屑干，自然归到母亲头上了。挑粪挑水浇宕是重体力活，非父亲莫属。种点过，磷肥、草木灰、鸡屎鸭粪捻过，掺有化肥硼肥的粪水浇过，还有一道工序，就是每个宕都要盖上一把火粪土。这个时候，油菜种子安心躲进安乐窝，慢慢地发芽去了。

这段时间，父亲并没有闲着。他要将田地四围的沟起得深深的，让整个畦地不至于溺水。为了防止鸡、鸽子、麻雀以及各种鸟类小动物等扒土吃了油菜种子，父亲还在田地四周织起了彩条。田的中央，赫然立起了两只稻草人。稻草人的手上有两根彩带，风一吹，彩带飞舞，跟活人一般，自然吓走了不少飞禽走兽。

十月小阳春。太阳照在大地上，暖暖的。油菜也先后从火粪底下拱出了头。它们对这个世界还很陌生，小心翼翼的，只是露出了两片子叶。有的甚至还顶着褐色的种衣。这个时候，父亲和母亲隔三岔五都要往田里跑，看看所有的宕里的种子是不是都生了出来。时常就会看到有的宕里多了，有十几粒，而有的宕里又少了，只有一两粒甚至没有。这自然是我们粗心所致。于是，母亲就会笑骂，这些小害鬼们！

一场及时秋雨，润泽了整个北姚庄。田里的油菜，因了雨水的滋润，一下子也长大了不少。父亲和母亲也忙碌起来。他们要将宕里多的油菜秧子拔掉，移栽到秧子少甚至没有的宕里去。然后还要松土，清除和油菜秧子一并长起来的杂草。当两畦油菜的叶子开始握手时，还要施一次化肥。

寒冬来临，腰泊四周的桦树、苦楝和刺槐全身树叶落尽，赤条条地在寒风中簌簌发抖。田埂上的茅草以及枣水塘后梢的芭茅全部枯黄，村庄一派衰败景象。可这时，放眼望去，整个北姚庄，绿油油一片，除了红花草，就全是这生机盎然的油菜了。是它们，让整个冬天充满了亮色。

北风继续呼号，大雪准时而至，覆盖了村庄，覆盖了山塘，当然也覆盖了油菜。夜晚，雪落无声。不，还是有声音的，竹枝、松树的折断声噼啪可闻。但是油菜不怕，施了磷肥、硼肥还有钾肥的油菜腰杆儿硬着呢。这厚厚的白雪，正如一床厚厚的棉被，给油菜遮风御寒呢！而且，因了这冰冷的白雪，田地里的害虫也给冻回了老家。太阳一出来，化了的雪水，相当于给油菜又灌溉了一回，油菜滋润着呢！

“凌寒冒雪几经霜，一沐春风万顷黄。映带斜阳金满眼，英残骨碎籽犹香!”春风骀荡，一转眼，就是人间三月了，隐忍了一冬的油菜开始拔节，抽薹，打蕾，仿佛一阵春风全吹开了似的。整个北姚庄漫山遍野尽戴黄金甲。浓郁芬芳的油菜花香，引来了无数辛勤的小蜜蜂。一时间，蜜蜂在花丛中间来往穿梭，人在油菜田间行走，仿佛有一种庄生蝴蝶之慨。尽管春天里百花齐放，但在集团军似作战的油菜花面前，它们难成气候。更为霸气的是，油菜花的花期特别长，前后足足有一个月之多。毋庸置疑，这一个月，田野就是油菜花的主场，什么桃啊，李啊，杏啊之类的，在油菜花面前，只能甘拜下风，乖乖地败下阵来。

这些年，父母逐渐老去，早就不种油菜了。但土地还在，枞阳百万亩耕地每年有近三分之一的土地用来种油菜。听父母说，土地流转给了种田大户，现在种油菜大多是机械化操作了。施肥、打药甚至动用了飞机。过年到汤沟，见 G347 沿线许多基本农田保护区，而且成片成片地种了油菜，我就在想，即将到来的油菜花开季节，又是怎样壮观的场面？外地人会不会像到婺源一样，到枞阳来看油菜花呢？

流年依旧栀子花

黄琼会

在我朴素的记忆里，尘世间最白最香的花，非栀子花莫属了。四五月的乡间，正是梅子黄时雨，也是栀子花开时。每家房前屋后，总沁润着栀子花馥郁的香气。每家每户的日子，也随之变得无比清甜，缓慢而安静。

栀子花开在雨里，开在乡间，开在似水光阴里，开成了民间日常的一部分。一朵一朵的素雅洁白，是初来人世的白，像裹着一层温软的玉。一朵一朵的芬芳四溢，如发自内心的喜悦，带着腴白的笑意，一缕缕送出来——真是“花气袭人知昼暖”啊！

那时候，一朵朵栀子花，就这样开在我们的窗边，有一种寻常的美好。一切因寻常而真实，一切因静好而安稳。沉浸在这样的花香里，日日皆是好日。一年又一年，雨季总是那么幽深漫长，天色总是那么低沉阴暗，草木吸饱了雨水，疯长的绿色如梦境，唯有四处弥漫的栀子花香，让人心生几分踏实与欢喜。

傍晚，我将大朵大朵的栀子花采撷回来，水灵灵地养着，让花香伴我入眠。清晨，我将一朵洁白的栀子花，揣在口袋里，或簪于胸前，一边闻着花香开始晨读，一边等着母亲做好早饭。吃毕，撑着伞，沿着乡村的阡陌田畴，去往几里外的学校。才出门没多远，便会遇到三五个同村姐妹，她们也大多携着几朵湿湿的栀子花。于是我们相伴相随，一路上皆是雨水的清凉、笑语的清澈、花香的弥漫。

那时候，我们就这样过着有花香的日子，怀揣着一颗美好的初心，在花香里慢慢长大，如青梅似竹马，从花季到雨季。再没有比花香更能温暖人心的了。一朵初开的栀子花，三分青碧七分洁白，映在心底的，却是十分的恬静、千百瓣的芳菲。那些似水流年，也宛若一朵碧青的栀子花，从紧实的花骨朵，到纯洁芬芳地盛开，无一不是一段美丽生动的时光。

不得不说栀子花的香，真是香到骨子和灵魂里了，那样甜美恣意，是乡野的气息，是家常的气息，是深藏的少年心事。一个人坐在体己的花香里，像在与天地谈心，与万物共情，四周一片清寂如水——真是"花气薰人欲破禅"啊！

"栀子花，白花瓣，落在我蓝色百褶裙上……"听刘若英的《后来》，内心总萦绕着怀旧的青春气息，一种纯净的忧伤。听着听着，一如昔时庭院里，依稀还满盈着绿叶白花的疏影，记忆的天空流年依旧，像雨水一样微凉，满是往日的惆怅。

我喜欢栀子花的花语：坚强、永恒的爱，一生的守候和喜悦。栀子花，是一种慢性子的花，看似不经意的绽放，却是经历了长久的努力和坚持。一树栀子花，从冬季开始孕育花苞，直到夏天才会悄然盛开，含苞期愈长，芬芳愈久远；一树栀子叶，也是经年在风霜雨雪中，翠绿不凋。栀子花不仅有其素淡、美好、持久的清新姿态，更有其执着、坚韧、醇厚的生命内质。一朵碧青的栀子花，以一种缓慢而安静的禀性，一瓣润白如玉的馨香，开成了一番婉转而动人的气韵，一段静水流深的日常。

栀子花，就是这样一种灵魂有香气的花朵。我愿意守着一株碧绿的栀子树，借一朵初开的栀子花，与夏天相遇，与诗词相遇，自是芬芳满怀。多年以后的雨夜，当我在栀子花开的香气里，重读唐诗宋词，真是唏嘘感叹。原来，从前的栀子花，还是一种古典的信物，暗喻同心同结的情意。比如："怜时鱼得水，怨罢商与参。不如山栀子，却解结同心。"比如："葛花满把能消酒，栀子同心好赠人。"还有宋词《清平乐》里这句："与我同心栀子，报君百结丁香。"千般柔肠百转，万般赤子情怀，简直有《诗经·木瓜》的意蕴了。

也许，大凡素雅而清芬的花朵，总是让人联想到纯粹且圣洁的爱。一捧香花可以送给爱人，当然也可以赠给友人。冰清玉洁的花瓣，不仅喻示海誓山盟的爱情，也恰似天涯比邻的友谊，况且，它还能"结子同心"呢。

我见过一种山栀子，花开如玉子如金，可看花，可赏果，可染色，可入药。其果状如酒杯，一只一只的金酒杯。酒杯是卮，从而得名栀子。其金色里微泛着红晕的黄，有满心的醇厚与圆融。人世间的深情厚谊，同心同结之美，最是缠绵缱绻，可感可怀。

又是梅子黄时雨，又是一庭栀子香。尽管花气薰人欲破禅，心情其实过中年。那些像栀子花一样清凉的往事，早已成了流年依旧的底色，成了似水光阴的香气。如今，多少情怀早已不再，爱情的诗句也早已不念。只是在街巷的转角，若遇见卖栀子花的阿婆，会不由得低下身闻一阵香气，买一束回来养在家里。在平常的日子里，看一朵花的温润美好，自是从容安稳；在一朵花的芬芳素雅里，入梦或醒来，便是有味清欢了。

妈妈，油菜花开了

唐　红

三月，油菜花又开了，妈妈离开我的日子似乎就在眼前。

春日里的一大早，我怀着迫切的心情去看妈妈，仿佛妈妈还活着，从未远离。驱车半个小时左右就到了妈妈的墓地，我坐在妈妈的墓碑前，和妈妈说着一些不着边际的话。妈妈，我好想下班回家吃您烧的热气腾腾的饭菜，可每天回家再也看不到您在厨房忙碌的身影了，我已习惯有您的日子，我还没有好好报答您的养育之恩，您就离开了我。树欲静而风不止，子欲养而亲不待……

妈妈的墓地前面是一片宽阔的拆迁空地，稀稀拉拉地开了一些油菜花。一下子，我的思绪就回到了从前。

老家唐庄坐落在巢山脚下，山清水秀。每到春天，油菜花在春风不经意地吹拂下，齐溜溜地黄遍了田野山涧，连成一片，又醒目又富贵。也许只有在我的家乡才能看到这样美的风景，田垄上，青翠，碧绿，金黄。一大片一大片，铺天盖地的，微风吹过来，都是泥土的芬芳气息，让人有种说不出的亲切，在心底恣意地荡漾着，荡漾着。咿子呀子哟，

咿子呀子哟，犹如黄梅小调，那婉转乡音，缠绕在山梁田野间，经不住岁月的浸淫，却悄然之间鬓发已白。

妈妈在老家的时候，种田劳作。春天，往往是她最忙碌的时候，施肥，浇水，除草。空闲时，我也喜欢跟着妈妈，其实也是寻个机会，好好和妈妈有个亲昵的时光。这时候，田野四周，最夺目的自然是盛开的油菜花了。大片大片的金黄，如金色的毡子铺满了无尽的田野，金灿灿的菜花在阳光的映射下，随风摇曳，轻歌曼舞，明媚而妖娆，张扬而奔放，仿佛整个春天都是她们的世界，她们是春天的主宰一般。所谓的桃红柳绿，这一刻，在那金色的明黄笼罩下，似乎也显得黯然失色。

妈妈在菜地里浇水，施肥，除草，长期劳作，身子也显得有些佝偻，但从她满是皱纹的眼角里透出的却是笑意，因为有喜爱的女儿陪伴，即使是非常短暂的时光，她也就满足了。天下父母心，何不如此？我帮着妈妈从河里担水去菜地，走在田埂上晃晃悠悠的，妈妈总是用担心的目光迎着我，赶紧接过我的担子，嘴里絮叨着："累啊，丫头，歇会儿啊，丫头。"我说："妈妈，那油菜花多美呀！""嗯，是呀，好看着呢！"妈妈眯缝着眼，遥望四围的菜花田时，眼里是无尽的温情，还有一点点自豪和满足！

当晚霞收敛最后一点光芒，妈妈摘了些地里的菜，挑着空桶，我们踩着夕阳的余晖走在回家的路上。妈妈在厨房里生火做饭，晚餐吃着自家地里的新鲜蔬菜，那种香甜和亲情，是无法言表的欢乐。

油菜花开，也是短暂的时光，花开花又落，春去春又回，油菜花依旧恣意开放的季节，妈妈墓前面的油菜花却让我疯了一般地思念。墓前的油菜花是自然生长的。黯然、孤寂、冰冷的墓碑前方，因为有了几株油菜花而有了一点儿生机和色彩。我掐了几朵油菜花，小心地搁在妈妈的墓碑前："妈，油菜花又开了，你看见了吗？"

生老病死，生命更迭。没有什么是我们能挽留住的，即便儿女心头有万般的不舍。妈妈在病痛折磨下，还是离开了我们。油菜花开的季节，包含了太多我对妈妈的回忆。油菜花的花瓣虽小，但每一朵花瓣，都是我和妈妈之间的话语，浸润着我对妈妈长久的思念。

妈妈，春天多么明亮啊！家乡的油菜花又开了。我多么希望您也能看到这灿烂的春色，这么美的春色，天堂里有吗？那里也有金黄摇曳的油菜花吗？

花香作伴好还乡 | 舒　涵

我的家乡，在江水之北。那水，从中国各拉丹冬雪峰的一滴冰水开始，自西向东呼啸奔涌，汇溪成河，百转千回，聚河成江。它横贯中国6300多公里，澎湃东去，气势磅礴，豪情万丈。

我的家乡，在枞水之阳。岭上多木，木名曰枞。松叶柏身，亭亭如盖，繁茂而儒雅。它长在《尔雅》里，长在《本草纲目》里，长在《说文》里，根深叶茂，生机勃勃。

这一方水土，襟江带湖，阡陌纵横，青山秀水相间，风光旖旎，四季花香。

这一方水土，印刻着数万年前旧石器时代先民生活的足迹，传唱着2000多年前汉武大帝亲作的《盛唐枞阳之歌》。这里，被誉为诗人之窟、文章之府、气节之乡。

这一方水土，便是我美丽的家乡——枞阳。它蓄长江之气势，枞木之生机，注定人杰地灵，注定树茂花香。

每年春天，漫山遍野次第盛开着桃花、梨花、杏花、李花、紫云英、杜鹃花，姹紫嫣红……最灿烂最普遍的，当数油菜花。花开时节，蜂飞蝶舞，遍地金黄，芬芳四溢。

家乡，它深爱着每一位离它远去的天涯游子；游子，日夜眷恋着远方的故园。梦里，家乡的气息穿透时空，将我无数次带回故里……

曲折的花田小径，远远走来一介书生，青衣长衫，背着行囊，仙风道骨。认出来了，那是家乡在陆山庄方氏家族文人团队的领军人物，“六龄知文史，九岁善属文”的天才，在17世纪写出中国第一部物理学著作《物理小识》的思想家、哲学家、科学家方以智先生。

我激动起来，我习惯性地举起手中的相机，我要为中国历史天空上这一颗耀眼的巨星拍照留影……咦，我怎么对不上焦啊？抬眼望去，油亮亮、金灿灿的油菜花随风摇曳，却不见方先生的身影。

我紧张起来，我四处张望，前后搜寻，我在家乡的山野里寻找这位天赋异禀的绝世通才。我没有找着，先生已转身离去，顷刻间没了踪影。

怎么能没了踪影呢？

我追寻着，忽然有了发现。前方，就在前方不远处，一个书生模样的身影与荷锄的老农并肩而来，方先生是不是被我的诚意感动，又折转回来了？我目不转睛。

近了，近了，一位西装革履、手持书卷的才子向我走来，啊，这位不是朱光潜朱先生吗？

朱先生我知道，1897年金秋，他在家乡的岱鳌村呱呱坠地，28年后便考取安徽官费留学生，开启了他英国、法国、德国的留学生涯。一个摄影人，能在家乡遇见著作等身的文学博士、中国美学界泰山北斗，是何等的幸运啊！这回，我要缠着朱先生问一问，他那些美学论著，是否是受到了家乡美景的启迪。我迎上去，这次不能再错过了。一阵风吹来，我眼睛眨了一下，面前忽地生起了薄雾，这位与美同行的朱先生便从我的视野里消失了……

我不知所措，疑虑重重，怅然若失。我继续在阡陌上前行，在花海里游移，我看见了村庄。

村舍粉墙黛瓦，被绿树簇拥着，依偎在山岗之下、湖岸之上，半遮半掩如少女般娇羞。金灿灿的油菜花开满水岸，开满山坡，开满一望无际的田畴，蜂飞蝶舞，如同金色的海洋。清凌凌的湖水倒映着小院农家，倒映着满山满岗的油菜花，春风吹拂下，金黄嫩绿浅粉深黛随微波洇开，又随微波聚拢。这里没有车水马龙的喧嚣，没有机器的轰鸣，村庄以恬淡宁静的姿态与山水相依，炊烟袅袅，鸡犬相闻，一派祥和。

袅袅炊烟飘来，农家的饭香了，乡邻四舍得知我归来，纷纷出门相迎。与我相拥的是我的发小，我们几度相拥，泪眼汪汪，我们都惊叹容颜老去，家乡仍然静美如初……我在发小家的电视里见到了天宫二号总设计师朱枞鹏，新闻直播间的画面中，正播放着这位老乡仍在工作室里开展空间科学应用实验的情景。

这怎么行？这样的春风三月，还在做科学实验，难道他不知道青春作伴好还乡？不行，我要发一条短信告诉他，我问他可得空回趟家乡？三月的家乡正好，千里油菜迎风舞，万顷农田翻金浪，何不趁春光明媚，回趟家乡，聚首枞阳。家乡 30 万亩油菜花已竞相绽放，蔚为壮观，蜂蝶嗡吟，香气袭人，让我们来一场观光游玩，赏花踏青……

放蜂人与花

周　海

每年，都有放蜂人来到周潭村。放蜂人的使命就是用一生的时光追逐鲜花。从春天开始，他们携带蜂群，从南向北开始一场迁徙。到我们村时，红花草在早春还带有一些寒意的风中最先绽放。放蜂人打开蜂箱的门，还有几分萧索的稻田一下子就热闹起来了。

没有人拿红花草当花，可是对放蜂人就不同了，红花草是好的蜜源之一。放蜂人将家安置在离稻田不远的桦树林子边。桦树林下面就是周潭大涧，接近水源，桦树茂密的树叶又可以挡雨，确实是一个临时安家的好地方。他们搭起帐篷，支起灶台。当炊烟升起的时候，女人在竹竿上晾衣服，他们的孩子安静地坐在凸起的树根上，看家狗在门前欢快地跑来跑去。这就像一个家的样子了。

这一家三口的放蜂人是村庄的熟客了。年年这个时间，一匹白色的母马拉着一辆橡胶轮胎的硕大无比的木板车，咯吱咯吱地行驶在村边的砂石路上，所有的家当包括蜂箱都在车上。好多年过去了，放蜂人不见老，他的女人也不见老，只有那匹白色的母马鬃毛不断地掉落，和我们差不多年龄的那个小孩个头渐渐长高。刚开始来的时候，他们一口的南方方言我们一句也听不懂，在一阵比比画画之中，才知道他们看上了我们稻田里的花。这对于我们来说当然是求之不得的事，甚至有些喜出望外，将要犁到地里的红花草居然能换来蜂蜜，谁不高兴呢？放蜂人，我们都这么叫——准确地说，是这家放蜂人的家长，这个沉默寡言、身材瘦小的男人，和我们村商定好，每个月按照一定的比例上缴收获的蜂蜜。有田地的人家就能免费品尝到美味的蜂蜜。不舍得吃的，还可以拿到街上卖，价钱自然极便宜。这样，几乎全村子里的人都有蜂蜜吃了。

尽管放蜂人渐渐融入了我们的生活，但他们一家的南方口音、身材、穿着甚至眼神，还有带来的白色的母马、蜂群、帐篷，无不给他们打上了异乡人的标记，像从遥远的世界飘过来的一朵白云。我们只知道，就像村里人放牛为了耕田，放羊为了吃肉一样，他们放蜂是为了收获蜂蜜。放蜂人的日常生活用品，大到油盐酱醋，小到针头线脑，都要到街上购买。放蜂人的女人身材娇小，皮肤白皙，装束普通，每天早上提着篮子上街。可是无论上街头早市的人群多么拥挤，大家都可以在人群中一眼认出她。她努力学习、模仿我们的口音，以便和菜贩子讨价还价时沟通顺畅。可是因为怎么也改不掉的南方口音，反而把我们的话说成不知哪儿人说的话了。于是有人笑她“山东的驴子学马叫”，她虽然不能完全听懂，但是看着村里人善意的揶揄的神情，顿时疏离感阵阵袭来，白皙的脸上泛起一层红晕。

每当放蜂人马车车轮的咯吱咯吱声响起的时候，我们就开始兴奋不已，因为吃蜂蜜的日子就要来了。他们带来了南方温暖而又陌生的气息。比方说，我们的棉袄还没有脱掉，他们只穿着一件单薄的毛衣。白色母马的鬃毛像一匹陈旧的缎子，两只眼睛水汪汪的能照见人影。他们在桦树林子边搭帐篷的时候，我们就在一边好奇地看着，看着他们别样的生活。而他们大概已经习惯了这些，旁若无人地做着手头的活。硕大无比的蘑菇似的帐篷变魔术似的搭起来了，母马拴在树边，啃着地上刚刚返青的草，黑白相间的花狗不再朝我们吠叫，趴在帐篷前睡觉，蜂箱围着帐篷一层层地摞起来，就像一道围墙。只有他们的孩子，用一种怯生生而又有几分讨好的眼神看着我们。

很快，我们就和放蜂人的孩子成了朋友，玩到一起去了。本来，一句话、一个玩具就可以让孩子们成为朋友。最重要的是，他学起我们村的话特别快。没用多久时间，单听他说话，会误以为他就是我们村的人。他的名字，我已经忘记了，只记得我们给他起的外号“黄毛”，因为他的头发稀疏又有些泛黄。放蜂、喂蜂、繁殖、割胶之类的大活，放蜂人亲自动手干，黄毛只在一旁打打下手。即便如此，黄毛有关蜜蜂的知识仍让我们钦佩不已，比如蜜蜂分为蜂王、雄蜂与工蜂，只有工蜂才承担采集花粉与酿蜜的工作，而寿命只有短短的两三个月。工蜂在蜂箱内为体型最大的蜂王建造宫殿一样的王台，蜂王在王台内坐享其成，繁殖后代。黄毛带着一些神秘的神情，小声告诉我们：工蜂每天飞来飞去的路程加起来有一百多里！一百多里，比从我们村到县城还要远呢！我们毫不怀疑，黄毛将来一定是一个优秀的放蜂人。

围绕村庄的是无边无际的长长方方或呈不规则形状的稻田，在四季里变换着颜色。现在，红花草给稻田铺上了一层殷红色的毯子，有几分喜庆、吉祥，虽然春风还有几分凛冽。“一只小蜜蜂呀，飞在花丛中呀，飞呀，飞呀……”小蜜蜂从桦树林子飞到稻田，又从稻田飞回桦树林子，完成它短短的一生的使命。在帐篷前，飞舞着成千上万只完成采粉任务的归巢的蜜蜂，简直要将帐篷前的一方天空遮蔽了。放蜂人浑身上下都沾满了蜜蜂，看起来好像穿了一件用蜜蜂缀成的衣服。而放蜂人视若无睹，有条不紊地干着自己的活。我们就没有这么幸运了，几乎每个人都被蜜蜂蜇过，脸上、头上、胳膊上鼓起一个个红色的肿包。放蜂人将蜂蜜涂在肿包上，肿包便不痛了，要不了一会儿，肿包就会渐渐消失。

后来我们才知道，蜜蜂用尾刺一蜇，它的生命也就结束了。而我们为了尝到蜂蜜，有时会故意去招惹蜜蜂，引它将尾刺蜇在我们的胳膊上、手上。然后，我们悄悄地在一边舔着放蜂人涂在我们胳膊上、手上的蜂蜜。黄毛自然是知道的，但他很义气地装作不知道，任由我们杀死他们家一只又一只的蜜蜂。也许，是他们家的蜂王繁殖能力太强了。因为，我们从未见他们家的蜜蜂少过。日子过去了，春风里有一股一股的水汽，温暖的气息袭来，红花草也即将要被犁掉了。渐渐地，每户人家的橱柜里都有一瓶深黄色的蜂蜜。为了防止小孩一下子将蜂蜜偷吃完，大人们还在橱柜上上了一把铁锁。橱柜里有没有一瓶蜂蜜，还是不一样的。好像有了这一瓶蜂蜜，日子过得就有些甜。谁不愿意过甜日子呢。放蜂人有时候也将蜂蜜拿到镇上去卖，镇上卖得快一些，价钱也贵一些。赶庙会的时候，放蜂人的蜂蜜卖得特别快。最后，他会留下一点，交给做糖人的手艺人。我们眼看着手艺人玩魔术似的将蜂蜜熬成一个个形状各异的糖人。回来的路上，我们每个人手上拿着一个竹棒糖人，它香甜的气息经久不散。

红花草被犁掉了。放蜂人不走，他在等油菜花开。在这之前，他要用储存的蜂蜜喂养蜜蜂。帐篷的角落里，摞着一只比水桶略小的塑料桶，里面装满了金黄色的蜂蜜。这是放蜂人的身家性命，黄毛也不敢动。没有它，花源不足的蜜蜂就会饿死。在等待油菜花开的日子里，除了一天数次打开蜂箱喂食蜜蜂，放蜂人和蜂箱里的蜜蜂一样，沉入了一种短暂的歇息状态。放蜂人也许是习惯甚至享受这种状态，他常常靠在帐篷前的树桩上抽和烟农换来的黄烟，沉默、悠闲地望着桦树林上方的天空。女人还是在忙她的家务，她好像特别喜欢去桦树林边的大涧里洗衣服。白色的母马吃饱了春天多汁的嫩草，看起来像一匹骏马的样子了，好像人一跨上去，它就会奔向远方。花狗一见我们来就摇头摆尾，扑上来舔我们的手。春天的桦树林子，有小小的紫色的野花，有蚕豆大小的野草莓，有一群一群忽来忽去的白蝴蝶；岸滩的泥地里，随便挖一挖，就有刚灌浆的鲜嫩的葛根……寂寞的桦树林子不再寂寞。玩累了，我们也靠在树桩上，沉默地望着桦树林上方的天空。

等不了多久，油菜花就开了。油菜花长得快，开得猛。有时候头天油菜花才打着花苞，第二天一早醒来，漫山遍野都是盛开的油菜花。村子里的人不舍得大面积地种油菜，收获的不多的菜籽要送到油坊，榨出来的油炒雪里蕻，剩下来的留着过年炸山粉圆子。即便如此，大山、施湾、七井、枫林、吴桥、周潭……这些村子在稻田里、菜地里乃至山脚下的荒地里插种的油菜一旦齐齐开花，还是会给人一种铺天盖地的感觉，仿佛那金黄色会一直朝天边奔泻而去。天气一天比一天暖和，桦树林子又热闹起来了。经过短暂休整的蜜蜂跳着八字舞，更加勤快地采集油菜花的花粉，好像要将荒废的时光弥补回来。它们的翅膀扇动的嘤嘤嗡嗡的声音在空气中传递，每个人的耳边似乎都回响着这种声音。很快，我们就要尝到香甜的油菜花蜜了。每户人家的橱柜里都会多出一瓶油菜花蜜，橱柜还是会上一把铁锁，而我们也将最先在胳膊上手上品尝到油菜花蜜。

油菜花谢了的时候，放蜂人一家就要走了。他们要赶去和北方的鲜花会面。其实这时候，村子里还有几棵槐树正在开花，田埂边和山脚下更是野花遍地。可是，黄毛说他爸爸嫌花源太杂，会搅乱蜜蜂的胃口和食性。在温暖的日子里，放蜂人观察、判断天气状况，开始整备行装，做出发的准备。他们将一路向北，北方有我们想象中的平原、戈壁、大漠、绿洲、草原……那儿的鲜花在不同的气候和节气里次第开放，迎接着放蜂人。这是他们早就商定好的默契的约会，年年如此。据说，他们最远将到达新疆，当他们到达的时候，那儿的油菜花会将所有的灿烂的金黄奉献给远来赴约的放蜂人。

在一个空气清新、充满野花芬芳气息的清晨，放蜂人一家驾着马车上路了。我们站在村边的砂石路上，看着马车从我们面前经过。我们齐齐望着黄毛，坐在马车上的黄毛用一种很漠然的眼神看着我们，然后抱起膝盖装着没看见我们似的望着天空。我们愤怒了。他一定以为我们是来讨还借他玩的铁环、陀螺。怎么会呢，我们是朋友。是的，他是习惯离别的，北方有次第开放的鲜花，也很快就会有新的朋友。不知谁说：“吐他口水！”可是马车已经驶远了，我们只能将口水吐在马车的车辙上。第二年，在早春寒冷的天气里，还是红花草先开出一片殷红。所有的人都在等待来自南方的温暖的气息。可是，放蜂人没有来，以后再也没有来。有人说，他们回了南方的老家。也有人说，是北方的鲜花把他们留在那儿了。于是，有很多年轻人离开村庄。有人去了温暖的南方，有人去了鲜花迟迟开放的北方。然而，他们再没有回到村庄，所以也没人知道放蜂人的信息，这其中也包括我。

我一直固执地认为：是远方的鲜花把他们带走的。

最美菜花在枞阳

张正顺

“美是主客观的统一”，“是客观方面某些事物、性质和形状适合主观方面意识形态，可以交融在一起而成为一个完整形象的那种特质”。这是对朱光潜先生审美思想的概括，也是美学界一度颇多争议的命题。朱先生不仅是美学大师，而且是枞阳的乡贤，他的这一宏论使我不由得联想起枞阳的油菜花，想起自己对油菜花的情感认知。我甚至痴痴地认为，朱先生在阐述这一卓见时一定也想到了故乡的油菜花，他与之也有着复杂的情感经历吧。

记得若干年前，为看一场油菜花，我们连续几个春天赶赴婺源，颠簸劳顿，不远数百里。印象中，李坑的山溪穿村而过，伸向畈田的怀抱；江湾的樟木冠盖蔽日，芳香四溢，沁人心脾；思溪、延村的古村落，粉墙黛瓦，简直是一幅水墨丹青。还有，在月亮湾的湖上，我们竹筏泛舟，悠然惬意；在晓起的小客栈里，春雨滴滴答答，一夜到天明……

也还记得在最后一次依依作别时，我们反复约定：若干年后，当我们苍颜白发时，还要重返婺源，再来看这里的油菜花，不见不散。

可是此去经年，我们仿佛心有灵犀、心照不宣，已不曾提及那个唯美的“约定”，只把那“良辰好景虚设”。时空变幻，人事更迭，我们开始发现“美在眼前”，在我们身边不乏壮观美丽的油菜花。每到春天，我们已习惯了舍远就近，双休假日，走出城郭，在枞阳的乡村里四处流连。或三五成群，驱车慢行；或独自一人，款款漫步。

时光荏苒，往事历历。说实在的，油菜花在我们枞阳并不稀罕。故乡的田野里，到处有油菜的金黄。水稻收割后的田畈里，山芋、棉花收获后的山地上，村前屋后的菜畦里、田埂旁，到处都种植了油菜，一挨春回气暖，就开出了金黄的菜花。一大片、一大片，一条条、一带带，一簇簇、一团团，像海洋，像飘带，像各种装饰精美的图案。晴天丽日，花势一天盛过一天，金灿灿地耀眼，散发出扑鼻的芳香，成群结队的蜜蜂蝴蝶在花丛中闹来闹去。嬉闹的还有懵懂的我们，在花丛里穿行，捉迷藏，捉蝴蝶。有时，我们也凑热闹似的，掐来一支黄花别在口袋上，不时地凑近鼻翼前嗅吸。孩提时的行为，少不了经受大人的规范和约束。我时常听母亲叮嘱，油菜花的花蕊里都卧着小小的“佛”，采不得的。母亲还说，油菜花是懂“福报”的，它生出花粉供蜜蜂酿出甜蜜，然后结籽，可以用来榨油。哦，我们似乎一下子明白了许多，为什么蜂蜜是那么的清香甘甜，为什么菜籽油在我们老家就叫“香油”，为什么母亲从来都不掐油菜薹儿熬煮清香的菜粥？很多年以后，当读到“郁郁黄花，无非般若”时，我蓦然开悟，油菜花是有“佛性”的，她应该也有自己的“花语”，她仁慈宽厚，大爱无疆，坚贞不渝……她应该叫“乡愁花”，或者叫“母亲花”了。

是“全民旅游”“全域旅游”的时尚驱动，油菜花近年来在枞阳生机蓬勃，蔚为壮观。当“十旅游”成为一种常态策略，枞阳的油菜花从传统种植业上升到观光农业，与新型旅游业深度融合，与本地的人文山水相得益彰，形成了独特的景观，在满足大众观光、休闲等需求的同时，且以一项“节事”活动，充分展示了枞阳山水生态的美丽、历史人文的隽永璀璨和产业发展的生机活力。阳春三月，春暖花开，正是踏青好时节。随着气温日渐回暖，人们纷纷走出家门，亲近自然，享受春天的气息。

在这个油菜花盛开的季节里，如果你来到枞阳，放眼望去，江滩、湖畔、山坳、畈野里，随处都是一片金黄。在县境共计 30 万亩油菜花中，赏心悦目的最佳观赏地点有很多处，而且远近之间，朝暮之时，俯仰之中，你会发现眼前的景致不同，带给你的感受也各不一样。当以“大美枞阳，景上添花”为主题的“枞阳油菜花旅游宣传推广周”正式启动时，我们不仅能感受到枞阳油菜花的浩瀚浓密，而且还会全面深入地感受到美之独特，美之所在。

枞阳油菜花美在奇山异水的衬托。那水，不仅有池塘、涧溪或河湾，而且有滔滔长江和浩淼大湖，碧水蓝天衬出花海的壮观气势。瞧，在长江大堤，如蟒的江堤蜿蜒东去，堤下是一片长廊似的江滩绵延，菜花拼出巨蟒的鳞甲，或一条条，或一团团，或一簇簇，形象逼真。巨蟒的脚下是滔滔不息的江水，春来江水绿如蓝，但有江水的衬托，这条金黄的巨蟒格外灵动壮观、栩栩如生！这里是岱冲湖。湖水漂碧，环抱在远山、村落之中，从湖畔到远处山麓铺展着金黄的菜花，一浪一浪，层次分明。湖水清浅，如新开的明镜，水汽氤氲。湖心岛上，漫滩的紫云英次第开放，与对岸的金黄一起倒映在清波里，组成一幅水彩画。偶尔飞来几只水鸟，翅膀碰触湖面，让湖中的画面变得生动起来，简直是一个充满诗情画意的童话世界！

我登临浮山之巅的妙高峰，依凭文昌阁的扶栏。举目远望，山野旷阔，村落点点，水面清凌闪亮，余下的则是金黄的菜花搭配着深深浅浅的绿，层层叠叠，错落有致，袅袅炊烟掩映其中。而近处的四周，青峰苍壁，巉岩幽洞，庙宇佛塔，摩崖石刻，在花海的簇拥下，愈发显得峥嵘、朗润、神秘和古雅。

枞阳油菜花，美在生态环境的渲染。看，三公山上，青青翠竹挤满山坳，鲜红的杜鹃花漫坡倾泻，新芽初绽的茶树嫩绿欲滴，这些与山下的油菜花交相辉映，色彩斑斓。山下，除了桃红梨白，除了树木的葱绿，畈野里的紫云英是一抹抹动人的胭脂红。时而，一串串溪流在山涧追赶，一缕缕芳香在空气中弥漫，一阵阵茶歌在山间悠悠飘荡，散发着浓郁的现代田园气息！

枞阳油菜花，美在民俗风情的连缀穿插。G347 百里花廊，抖音抖花粉大赛与茶山体验之旅，正在进行时。在“荷叶田田”休闲广场，一队队着装鲜艳的女子矫健地舞蹈着。蓝天上，五彩的风筝在游弋；水岸边，巨大的水车在转动；微风中，大红的同心结在飘荡；草坪上，牧童的短笛声在悠扬；花丛中，美拍大赛与主题婚纱摄影活动交错进行。

枞阳油菜花，美在历史文化的蕴藏。这是一个人文荟萃、名人辈出之乡，“文章甲天下，冠盖满京华”，名人贤达各领风骚，锦心绣口文采斐然。在花海深处或菜花尽头，有古树、古桥、古渡、古道，还有古村落、古祠堂、古墓葬、古寺庙、古碑刻等，徜徉其中或伫立一隅，内心洋溢的无非感佩或者乡愁。

枞阳油菜花，美在香茗美食品尝助兴。“食不厌精，脍不厌细”，物产丰富、种类齐全的枞阳，堪称人间天堂。这里的天然食材，绿色环保，数不胜数；乡土食品，工艺精良，名闻海内；传统烹饪，风味独特，让人回味无穷、赞不绝口。每一样食材都营养健康，每一种工艺都潜藏“工匠精神”，每一种口味都洋溢着浓浓的家乡味道。

朱光潜先生有一篇著名的散文小品《花会》，写到四川成都阳春三月各种各样的花事，认为“花会时节是成都人的惊蛰期”，但他的笔下最形象、最细腻、最动情的还是菜花。“自然，最普遍的花要算菜花。成都大平原纵横有五六百里路之广。三月间登高一望，视线所能达到的地方尽是菜花麦苗，金黄一片，杂以油绿，委实是一种大观。在太阳之下，花光草色如怒火放焰，闪闪浮动，固然显出山河浩荡、生气蓬勃的景象，有时春阴四布，小风薄云，苗青鹊静，亦别有一番清幽情致。这时候成都人，无论是男女老少，便成群结队地出城游春了。”朱先生似乎将记忆中枞阳的油菜花在这里作为成都菜花的翻版，却可能没料到如今枞阳油菜花的画轴简直美“翻”了。

油菜花开时节是枞阳人的“惊蛰期”。想从忙碌中偷闲轻松一下吗？想吐一吐城市的秽浊空气吗？想来一场亲子互动娱乐吗？想携手闺蜜、同窗来一次说走就走的旅行吗？这种理想化的生活、理想的境界，不在“别处”，就在枞阳。比较看来，婺源的油菜花像一件精美的景德镇瓷器，透着古典之美，简约纤巧，典雅沉静，含蓄凝重，让人立于掌心，心无旁骛。而枞阳的油菜花似一场盛装的旗袍秀，与时俱进，古典又不失现代，演绎着浪漫明艳，令人载歌载舞，欢快淋漓，令人梦寐香甜，如醉如痴。

过尽千帆，依然少年；初心不变，美在枞阳。趁着风和日暖的时候，走出家门，走出城市，欢歌笑语，上路出发吧！

又是一年菜花黄 | 江雄旺

三月的枞阳大地流金，一派富丽堂皇。

这是枞阳这个季节的主色调，也是埋藏在枞阳人心底永恒的底色。在东方伟人笔下“赤橙黄绿青蓝紫”的彩练中，枞阳人一定是对这经典的黄色爱得最为深沉的，否则是不会有这遍布山川丘壑、江岸河沿、田畴圩畈的油菜花的。

走向秀美的 T 台

分享是快乐的，美丽需要绽放。深谙“你若盛开，蝴蝶自来”，并习惯于成人之美的枞阳人，2019 的春天，便以“油菜花”的名义举办了旅游文化节，将一直养在深闺的传统的菜花黄，向世人来一次前所未有的全方位的展示，以海纳百川的姿态迎接海内外亲朋好友“相约枞阳”，见证这自然的馈赠与花季的盛况。于是，这个春天里，枞阳的油菜花注定盛开得非同凡响，令人心醉。

恰逢佳节又佳期

当清明遇上菜花黄，犹如锦上添花。在枞阳“清明大似年”，最美莫过回乡路，构成了枞阳清明时节一道靓丽的风景线，杜牧的那首脍炙人口的《清明》绝句，仿佛为此情此景作了最真实的写照。这是枞阳千百年来的坚守与传承形成的乡风与习俗，是一代又一代的枞阳人踏着前辈们的足迹，穿行在故乡与异乡，或为官辅政经国济世，或传道授业教化四方，或行医问诊扶危济困，永远也忘记不了走的是一条饱含着乡思、乡恋、乡愁的初心之路。油菜花开，无疑加快了吴应宾、左光斗、何如宠、方以智、方苞、刘大櫆、姚鼐、吴汝纶、朱光潜、黄镇等乡贤大儒归乡的步伐，成为所有枞阳在外游子的乡愁，从而纷纷选择在这个季节里，辞行归乡，寻根祭祖，忘情山水。

一切都是最好的安排

好雨知时节，春雨贵如油。2019 年，枞阳，春天里的油菜花季前的雨期有点长，但这并不影响一年一度如期而至的菜花黄。换种方式看，雨天亦灿烂，登临汉武阁，看长江如练，翠峰如簇，江山如洗，人的心灵也会跟着受到一番洗礼。相信阳光总在风雨后，风雨过后现彩虹。不需几日，必将春和景明，微风不燥，阳光正好，清明时节好艳阳，枞城四面皆花黄。三月的枞阳寸土寸金，彰显丰年景象。

花　田

高　斌

周末值班，沿路查看清明防火，山水之间，遇见花田。那一片趁季节而回的油菜花，将三月染得格外的黄，它们在山腰、水边、梯田、圩地恣意绽放，引来了蜜蜂，也引来了我。

这是晓春村的后山，拔茅山从这里攀升，通向高处；白荡湖的水洗涤着这块土地，干净而清澈，包括这里的乡亲。这里没有惊扰，没有大货车的轰鸣，没有工业文明的喧嚣，一位扛着锄头的乡亲穿过油菜花丛，渐行渐远在一条绿色的阡陌之中，他就是风景。我拿起手机准备拍下这一幅画面，他已经消失在花田中，我没有跟上去，也没有叫住他。因为，这里没有惊扰，我不能例外。

春风跟湖水亲密接触，水面就有了反应。你看那一浪一浪的水纹，从远处铺过来，油菜花就频频点头，像是故人一般，春天仿佛是相遇的季节，一切都是安排好的。一位腿部残疾的老农过来跟我打招呼，问我是不是谁谁家的孙子、谁谁的儿子。我说是，老农就跟我谈起我的父亲、我的爷爷以及曾经一起做工的日子，我心生敬意。然后，他移了移瘸得很厉害的腿，指着那一片金黄的油菜花说，我也种了不少，包括那一块鱼塘都是我的，政府政策好，还能享受补贴。我问老人家的名字，他笑着告诉了我，他是扶贫户，他的名字镇里都知道。他又拍着残疾的腿说，现在政府好，这要是以前，老来不作孽啊！

我看着他笑，那是真实的笑。或许，这一片油菜花在我眼里、在许多人眼里，只是一片风景，可在他的眼里，那可是生活和希望啊！想起平日里做扶贫工作，宣传政策，也不知道老百姓心里真实的感受。此刻，一片花田就诠释得明明白白，扶贫扶志，我看到了另一片繁花似锦。

半山半水半分田。远处圩堤那三两头水牛，不知道是谁在放养。放牛的人，应该是一位老者，口袋里还有一只生了茶渍没来得及清洗的茶杯，这是我想象的样子，或许也是我喜欢的返璞归真。油菜花开的时节，他应该偶尔还哼几句山歌吧！我忽然想起前段时间了解田亩承包数据，找村里老党员老朱询问村民自种田地的事。老朱 70 多岁了，身体格外硬朗，他仰着头，嘴里吧着“红塔山”牌香烟，如数家珍地道出每户的数字。我由衷地佩服老朱，又从口袋里掏出烟给他续上，陪他一起抽，生怕烟断火了他就记不起来。我问老朱，你这记性，真是不得了！老朱忽然把吧在嘴里的烟夹在手上说，那怎么不记得呢，村里的田这么多年都是我那头牛犁的，那好，这都不记得怎么照啊！

我连忙哦哦应答，那是找对人了。老朱沧桑的脸上露出得意的笑，那也是真实的、幸福的。他一生与田为伴，与一头牛搭档。所以农村基层工作，我跟他搭档确实是省了不少功夫。不仅如此，老朱还是一名党性极高的老党员，他负责领办了数名困难户，尽心尽责。有一回，困难户英明患病，住在医院做手术，老朱硬是把家里事情丢掉，照顾到英明出院为止。我看到他回来，跟他打招呼，他总是风风火火地忙碌着，手里还是夹着一支烟，笑嘻嘻地说，我去放牛哦，不能亏待它啊！我注意到他胳膊上的红袖章，他牵了一下袖章说，清明节防火，我顺便招呼上山的人，不带这个，人家不拿我起劲啊！老朱身上的那股淳朴劲，是沾染泥土气息的味道，像这满眼的油菜花般金灿、耀眼，又像那红花草一般朴实、奉献。

小村沿湖，自然圩口也多。这些年农田承包，种田大户们一方面响应政府政策，发展特色产业；另一方面切合自身特长种植优质农特产品，让美丽乡村建设更有了亮点。比如湖边的荷花基地，经过一年多打理，已然是一个旅游观光的好去处。老张就是这个基地的负责人，他给自己取了一个很贴切的微信名字——“农场主”。农场被白荡湖的水环抱，春有百花夏有荷，那是用文字无法表达的风景，写意另一种境地。若有空闲，邀上三两好友去农场主家坐坐，观荷，采莲，摄影，垂钓，品茶，这不就是一幅田园生活的画面吗？这不就是许多人向往的地方吗？任四季更迭，守着这一方水土，看莲叶田田，听白荡湖的潮音起落，心就在水云之间有了归处。所以老张是幸福的，小村的人们是幸福的。从生产、生活、生态、文化等方面发展乡村振兴的今天，小村的人们就是以山为纸，以水为墨，在我的脚下绘制了一幅渐渐清晰的水墨画。

对面的拔茅山上，密密麻麻的茶农正在种植茶树。我期待不久的将来，能坐在朋友的茶园，或是山顶某一块天然的大岩石上，轻抿那一缕茶香，俯瞰小村，看一湖碧水，看金黄的油菜花，看大写的春天，用更多的文字，记录盛开的晓春。

麦园村的油菜花开了 | 钱新华

麦园村是著名诗人钱澄之故里。明亡后，钱澄之回到故里枞阳，多半时间隐居在石矶麦园和枞阳镇上码头，躬耕读书。他曾筑庐于田野中以居住，因以“田间”为号。

这是一个阳光明媚的春日，我照例行走在门前那条最美的连心道上。蓦然回首，路边那一片片油菜花，仿佛是一夜之间竞相开放了。你看，那层层叠叠、泼泼洒洒、如梦如幻的油菜花，一朵朵娇嫩的花儿随风摇曳，散发出引人入胜的光芒，成片的油菜花似乎都在共同诉说着春日的浪漫与诗意。

当那些移栽在园林或花盆里面的名贵花卉，还在昏昏沉沉地睡懒觉时，这里漫山遍野的油菜花，已把春天打扮得生机盎然了。那真是“油菜花开满地黄，丛间蝶舞蜜蜂忙。清风吹拂金波涌，飘溢醉人浓郁香”。

这情景，分明就是在告诉我：春天是从油菜花开始的。油菜花开了，那就是春天来了！在我心里面，油菜花是报春花。

其实在所有的农作物中，油菜是一种易种易收的庄稼。她不需要精耕细作，也不用投入多大的人力、物力。君不见乡村里那些上了年纪的老人，照样可以风生水起地种出大片大片的油菜吗？而“老来无处去，回家种旱地”“一把种子戽上天，春来菜花发到边”等顺口溜，都是说油菜是好种易收的。

我与油菜花，可以说是一往情深的。退休后的我，每年都在故乡土地上侍弄了几分地的油菜。看着这些小生命无忧无虑地生长，心里就有了一种淡定与从容。

油菜是一种跨年的植物，她几乎经历了春夏秋冬四季轮回。不知道朋友们注意到没有？她那乌黑细小的种子，是吸足了上一年度的金色阳光，带着人们的体温和希望，从一双双勤劳的手中轻盈地滑落到地面。就在那滑落的一瞬间，她还顽皮地跳跃了一下，像是在依依不舍地与你告别。不过那一跳，人们几乎是感觉不到的。从这一刻起，就意味着她入住了一个新家。

不吃不喝、静静地睡了几天后的种子，仍然没睁开惺忪的睡眼，只是那胖乎乎的小身子变得可爱起来。哦，这是大地呵护的结果！

过了几天，这些不起眼的小生灵，陆陆续续地绽放出如桂花瓣样的嫩黄芽儿。经过几天秋阳温柔的抚摸，小巧玲珑的油菜芽儿脱去了嫩黄的衣�икс，举起了一对对嫩绿的小伞。小伞被雨露一天天地滋润，托起，阳光小心翼翼地帮她梳理出貌似椭圆形的“发型”。

数日不见，地里的油菜秧儿一个个都成了亭亭玉立的“小姑娘”，卿卿我我，羞羞答答，依偎在一块儿，小声地说着一些人们听不懂的私密话。哦，该为她们的婚嫁做准备了。依照“九菜十麦”的农谚，须适时将她们移栽，否则将会耽误她们的青春哟。

油菜，虽有着菜一样的名字，却并不名至实归。若倒过来一念，方能看清她们真实的内涵。而我更喜欢的正是被人们忽略的这一面：一种惊人的生存能力。比如，在油菜移植的季节，就不难发现被人丢弃在田头地沟一些弱小的秧苗，在饱受了多天的暴晒与风寒折磨之后，仍然在那里顽强地生存下来。近前细观，其根部已接上地气，奇迹般地生出如丝样的白色绒根，这正是油菜让人敬佩的地方！

你别小看一粒油菜种子的个头微不足道，但她的生命力是强大的。她无须像水稻、棉花那样娇生惯养地被侍奉着，也不需要像一些娇艳的花卉那样被过分地呵护，无论她落在哪里，都会默默无闻地生长，抽苔，开花，结籽。

虚怀若谷，踏踏实实，无私奉献又是油菜的另一种品质。她如饱读诗书的谦谦君子，从不哗众取宠。虽满腹经纶，却深藏不露，没有半点怀才不遇的怨气。尽管说是“肥得流油”，可她从不油嘴滑舌，更不会耍“老油条”，让人生厌。

油菜，一生都在无声无息地奉献。活着，为人们带来了多彩的世界；死后，心甘情愿化作餐桌上佳肴中的配角，不声不响地流过人们的舌尖，留下的残叶枯枝肥沃了大地，伟岸的秸秆又化成了大地的营养。哦，油菜这种生在泥土、落在餐桌、不图回报的奉献精神，正是我们人类应该拥有的品格！

“黄萼裳裳绿叶稠，千村欣卜榨新油。爱他生计资民用，不是闲花野草流。”乾隆皇帝的一首《菜花》诗，既抒发出了他对油菜花那种喜爱的情感，也写出了一些民情民意，读起来颇有一种亲切感。

油菜花是她的学名，这在很多人眼里，她是农作物。如果选个“花王”“花魁”什么的，肯定没有她的名分，甚至连申报的资格都没有。可油菜花并不在乎这些虚荣的东西，每年春天一到，她照样准时向人们报告着春天的信息。

她先是从一节节碧玉般的嫩绿的新枝上，露出星星点点的小黄花；淡淡的小黄花，不知道从什么时候生成了一支支金灿灿的花笔；那金灿灿的花笔可神奇着呢，不用几天，就画出了铺天盖地、流光溢金的油菜花海洋。

来吧，帅哥美女们。在这金色的世界里，你会感到一种震撼，一种冲击：这浓墨重彩的春意图，这金碧辉煌的花儿们的世界，这蜂飞蝶舞的闹春景，竟然是出自一株株柔弱瘦小的油菜花之手笔！

来吧，远方的客人们。这儿不只是有诗意盎然的油菜花，还有一场盛大的油菜花节在等着您光临哦！

来吧，这里的油菜花等着你。她们都是诚实、善良、可爱的。在尊贵的客人面前时，她总是羞涩地低头微笑，默默地为你祈祷，祝愿你笑口常开，天天开心、快乐！

来吧，这里的油菜花等着你。她们最爱和能歌善舞、靓丽俊美的美女帅哥们交朋友。在美女面前，她甘当配角与陪衬，会把你侍候得心花怒放，什么拍个照、录个像，更是不在话下。

来吧，朋友。在这个金花盛开的季节，当你走在枞阳五一村那段最美的连心路上，不远处的大青山、马步山、神灵赛湖便跃入眼帘，东边的藕山、巢山、周家山诸峰在烟气里依稀可见，脚下的G347，在那一片又一片的油菜花点缀下，成了枞川大地上最奇妙的琴弦。来来往往的车辆宛如一个个跳动的音符，演奏着一曲曲丰收的乐章！

来吧，朋友。如今的油菜不再只是养育一方水土的传统经济作物，油菜花海，现已悄然成了人们踏青休闲的精神大餐。抬头又见一年春，春到三月好风光，遍地油菜花又黄。

亲爱的朋友，你还等什么呢？放飞心情，背起行囊吧，钱澄之故里——美丽的枞阳欢迎您！

油菜花里的故园 | 黄海霞

柔肠何处结，故园深深念。

故园，在藕山，在山水间。乡野村落，民风民情，自千古而来，往千古而去。守拙与变迁，沧海与桑田，皆在历史的云烟里书写着岁月的痕迹。

藕山镇，因依藕山而得名。山为孤山，傲世不群的样子，一峰向天，山势巍峨。藕山是典型的喀斯特地貌，山多石，岩石层叠，如藕荷之叶，也许这是先民取其名为“藕山”之缘由。山中溶洞比比，据称有72个洞穴之多。其规模之宏大当数大风洞与小风洞，皆是深不知数丈，幽壑惊险而神秘。曾有人、牛不幸跌落洞中，而惊人心魄。儿时也曾攀至山腰，登至峰顶以远观风洞之惊险，那样的时光，古朴而幽远。而今的大小风洞都已湮灭在如水流光里。海螺工厂的进驻，让以农耕为主的村民转向了半工半农的身份。与此同时，藕山也在发生巨变。一方山水养育一方人，山石累累，在过去是财富，如今仍旧可以化作财富。只是得失之间，有感慨。

与藕山遥遥相望的是奔流而去的长江，江流浩浩汤汤，淘尽多少英雄豪杰。千古之风云皆随江流湮灭，那跌宕的浪潮，是否依旧在幽幽地讲述着曾经的烽火硝烟与王朝更迭，以及文人墨客临江颂月、饮酒赋诗的风雅豪迈。一切都已作了古，唯有江与月依旧。一曲《春江花月夜》依旧在今世的时空幽幽清唱。

在某一个清秋的拂晓，我们曾去江边看日出。长江的渺茫平静与红日初升的壮美，是那一日的震撼。当江上的日与月与我们相遇的那一刻，可以看见的是浩古的流光与水天之间的永恒。我们又怎能不去慨叹那个千古的话题!

“一桥飞架南北，天堑变通途”，曾经是预言，是如今一座座斜拉桥的恢弘落成的见证。一道天险长江水曾令李白止步于江南，而不得北往。而于今日，两岸的距离，轮船可渡，大桥可达。自新开至贵池的长江大桥已近竣工之势，且是桥若游龙，气势如虹，横亘千古。

在山与水之间，是平畴千里的田园，是安详于世的村落。

炊烟袅袅，犬吠远村，是田园生活的宁和与温暖，如诗一样的让心妥帖于故园的印象。

村民大多是淳朴而勤劳的。庭院闲静，果树掩楼宇。不同品类的水果在四季的流光里，丰富着人们的生活。即使在冷冽的冬季，枝上无水果，但是从树上采摘下来的橙子、柚子可以储存一个冬季。

村前是田野，是无垠的辽阔。最是浓墨重彩的当数春季的油菜花田。春的气息似乎是她们带来的，当人们还在寒冷的裹挟里掩窗闭户、围炉闲话时，原野间已有几朵花苞，也不知道是哪一缕的风唤着春意的初现。当你凭楼而眺的时候，或是路过原野的时候，那星星点点的春意会感动着蛰伏一个冬季的心。

我喜欢有一颗敏感之心的草木，如油菜花开，如垂柳绽苞。那一丝一缕的温暖，都可在她们的心中投映出清新的春意。她们也是极懂节气的，何时立春，即是何时春来。那是早春的气象，一点的绿，一点的黄，却是动人的美，清新而温婉。

而当春盛，原野间是油菜花极绚烂的色彩。几里，几十里，甚至是几百里连成一片春色。金灿灿、鲜亮亮的黄，涂抹着春景，春风过处，繁花似锦。但是无论哪一种颜色，也绝对比不上油菜花的气势恢弘。它就那样浓烈地把春意泼洒于天地之间。

走过田畴，细看花影。那薄绸一样的花瓣，层叠着原野的春意盎然。花瓣间流淌着花香，浓郁的，入心入骨的香，已然是醉了访春人。

春时薄暮，人们总喜欢走出户外，在春风的温存里，走几圈，跑一程，锻炼锻炼身体，似乎这样才不负春日的流光。园里燕子翩翩自在飞，园外花海阡陌游人影。走在花间，田埂上的泥土是松软的，会让人怀念起旧时光的亲切。如此，踏春的步伐是轻盈的，心也觉着有一种生命回归自然的放松。花如锦，人如玉。与君携手，游遍芳丛。如此真好！花田的旁边是一片小树林，林间是喜鹊的巢，栖居的喜鹊落在枝头，喳喳地叫着，它们修长的身影，总会牵系着游人欢喜的眼神。有喜鹊的地方，就有祥瑞，我总会这么想。

花海的周围是故园村落的祥和，几缕炊烟袅袅娜娜地在暮色里飘荡着，似乎在召唤着归人的脚步。村庄的路上有谁家的狗在随意地溜达着，看见陌生人就怯怯地吠几声。似乎是相安无事时，路人去，犬亦溜达去。院落前小菜园里的蔬菜正绿，欣欣然的样子。村居的生活如此的安详，仿佛是千年前的样子，时光很慢，慢得可以享受花的香，可以拥着春的温和，可以暮晚闲步，可以与一人携手至地老天荒……

听闻明年春来，枞阳藕山会举办油菜花节，百里画廊，百里花海。那样的盛景，该是怎样的美妙。生活需要惊喜，生命需要感动。大自然以四季为画局，而居于此地的乡民，即是那绝妙的丹青妙手，描画出山水枞阳鱼米丰美的故园盛世。

杜鹃轻啼，声声关情，那是暮春。一场风雨，一场凋落。花瓣如雨，落尽一春的繁华，转身亦是另一番景象。绿遍乡野，包括河畔如烟的绿柳，更是这满园的青色的菜籽荚。

大自然在无限的流光里大美而无言。花开花谢，云卷云舒，道不尽故园苍苍流年飞逝。且近故乡情，莫忘故园心。

若是想在故园访古寻幽，那阮庄的古墓即是最好的去处。在今年国庆假期的时候，我们也曾寻访过，那已然不是儿时的凌乱样。石人、石马整齐巍然耸立在甬道两侧，荒草杂芜，人迹寥寥。阮鹗先祖的三个坟冢，落寞流年。无论是当年的显赫也好，也无论是前朝功过是非也罢，皆湮灭在荒烟蔓草之间，唯有阮氏后人乐道之。阮鹗研究馆正在修建中，道中遇一老者，问之可知其一二，且是道尽阮鹗生前生后事。一代英雄名将曾在那个年代纵马杀敌，尽忠为国，而留名于一页青史。过往已如烟云，留于今世阮氏一族的该是一份信仰的传承。

若你倦于世俗的喧嚣，在故园可去那颇有盛名的白荡湖。听其名，你定然会想到白荡湖的大闸蟹。深秋蟹肥，煮蟹邀客，也是不胜的风雅。

某一个清秋的日子，当我们驱车前往，踏于此地时，才更觉是湖水长天共幽幽的荒蛮古朴。这里人迹罕至，荒草丛中是秋虫长吟着旷古的寂寥，水鸟飞渡，水波不兴。再望远山薄雾一迷茫，伊人水畔几徜徉。这样的一方净土，不在佛门，在山水之间。无梵音，有虫吟。可斋心沐情，参一回山水之禅。

故园在乡在野，却承心载情。纵一世的山长水阔，纵一世的悲欢离合，终也走不出故园的心怀。当夜阑人静时，当你心怀温暖时，所思所念的定然还是故园的深情。那油菜花里的故园，是那样美妙地定格在无边的春意里。

枞川之阳，有花金黄 | 陈明华

谣曰：

枞川之阳，有花金黄，
山川如画，我的家乡。

岱冲湖畔，白荡之滨，
丰饶的田畴啊，
小船漾动了万顷金浪。
汤沟古渡，石矶老镇，
金花映绿水哟，
水里含着花儿的芬芳。

枞川之阳，有花金黄，
人在花中，我心敞亮。

岱鳌发脉，浮山文风，
熠熠的金光啊，
光里闪着折桂的神往。
白云青鸟，青山石屋，
氤氲着黄卷呀，
含香菜花青灯的光亮。

枞川之阳，有花金黄，
汉阁高歌，爱我枞阳。

油菜花季，笔端含香，多少神来妙笔，抒写春风里枞阳大地的流金飞香！枞阳有百般风光，但我愿做一向导，伴着你走一走青鸟栖居的地方。是的，就是白云岩下的这片宁静之乡，是我生活了 50 多年的地方，这是一片我日日走过但从未离开过的饱含深情的地方。

白梅是山乡，四面的青山呵护着她的安详。曲水明流又孕育了四季的花香，不过，哪一季也没有春日的油菜花开得恣肆汪洋！

白云岩前，座座小山，层层山地，叠叠金黄，遇上明媚的春阳，黄艳艳的菜花熠熠生光。那青岩朗润了，那翠树鲜亮了，那流云更白了，那明水唱响了，青鸟的妙音越发地让人神往。这是春天的赶场，还是焕然新装，来看看油菜花怎样闪亮登场？美不？谷壑间缕缕青雾，抱龙洞内香烟袅袅，不紧不慢的寺钟浑厚悠长，也都氤氲在菜花的金黄里。有点如痴如幻了吧？疑心那畦畦金黄的油菜花叠成了佛祖端坐的金莲了。

柳峰山在连绵，连绵成了婀娜起伏的身段，满眼的浅碧深蓝，你隐约感到过于冷艳了？别急，村民们巧手善描，山坳里的彩瓦画墙，不算什么；犬吠深林，不算什么；鸡鸣树梢，也不算什么；一垄一垄的菜畦黄花，嵌在满山的绿色中，你还以为你多情了，那是心中明亮的金戒吗？

龙头山，这名字被提起的不多，山高多石，山民们曾辟有一带一带的梯地，春日的油菜花里，你会讶然失笑：你这汉子，怎么这般土豪？金灿灿的项链从脖子挂到了粗壮的腰。

歌曰：

漫步山径上，扑面有松风。

拈花可一笑，身向谐处行。

白梅是山乡，山坳村头到处是清亮的山塘，恍若凝望天空闪着幸福之光的明眸。有塘就有地，有地必有菜花。最耐看的就是下一场细雨。这时，你大可不必退缩。可以撑一柄雨伞径往地头塘边；或者就一处高坡，借一间山房，净案明窗，捧一盏清茗；抑或干脆倚着车窗，透过野外烟树，你的眼睛里分明地透露出，那是油菜花满心的灿烂，含露的娇容，山塘的心早已荡漾成数不尽的涟漪，春雨在演绎着他们的缠绵。这时，你千万别醉了，蛰居都市的人们会在这起伏错落的景致里捕捉到无限的新鲜与奇趣。

歌曰：

看花倚着阳台，正好细雨飘来。

任它缠绵花雨，我有一心自在。

白梅的山野沙细土香。虽不能野阔万顷，但成片成片的油菜花，也会联翩而出。有菜花的地方，彩蝶为之舞，灵蜂为之唱，惬意莫过于此，一株株花茎，就是蜂蝶无尽的舞榭歌台；一株株花茎，能分明地听出串串笑语。有花的地方，不难听得卵石与溪水的轻语呢喃。沙径草香，细石潜藏，徜徉花间，嗅着花香，眼前就是花的海洋，在花中游泳的意趣可以慢慢品尝。如果你走上溪头的石拱老桥，任着微风轻抚，你会误以为走入了世外桃源。

歌曰：

细沙花香路，绿草石桥边。

卑微与荣耀，花皆高齐肩。

白梅多溪涧。曲涧明流汇成一条梅涧，常年悠悠流淌，十里桦林守护着两岸的菜花金黄。涧滩草绿，涧水波柔。初春，这里是徐悲鸿把国画的水墨与欧画的油彩揉合的杰作，铺在了土地上。远山在春日的轻雾里，淡成水墨；涧边的菜花更是鲜黄明亮；滩上的老水牛嚼着“一口青草一口血”的嫩绿新草，忽然想起了顽皮的牛犊，跑进了油菜花丛，发出哞哞长鸣。这时，你需要的是一根竹笛，定能吹奏出生活的富足、安逸与明朗……抑或是游子的心里满怀的亲切回想。

歌曰：

迎来三五老友，吟花走在溪头。

喝上二两老酒，闲愁付诸东流。

你也可以走进草庐柴扉或是黛瓦粉墙。农家就是这样，种地种到了屋旁。黄花绕舍，屋在花中。几株老树下，被时间和风雨磨圆了的石头，就是一个幽静的憩息场。树梢鸟歌，篱下禽唱。这时，你可以尽情驰骋你的想象：隐者？堡主？还是伊甸园中的夏娃与亚当？你似乎忘了尘世的喧嚣，忘了汲汲而求的种种荣耀，偶尔的块垒也会不浇而消。人生路上的负累，是生活本身的味道。在这里，完全可以把超然的感觉拾回。

歌曰：

几回梦里乡党，静坐老树石上。

闲听几鸟轻歌，闻够一篱花香。

油菜花，你本有着皇家独钟的明黄，却恣意地绚烂在村野之乡。你依然金黄，但比我儿时看到的你更健壮；你依然金黄，但如今你有了涅槃的模样。小时候，有菜花的地方就有希望，生活里就有一些油沫的光亮，苦涩的生活有了芬芳。我在你的脚下，抓起过一把把“小鸡草”，小鸡也乐得啾啾欢叫。如今呀，有菜花的地方就有诗意在流淌。菜花里不仅有富饶，有阳光，更是承载着人们心的向往。

春天的枞阳，已向你张开了热情的怀抱。你的靓车可能行进在G347通衢之上，享受幸福的色彩、鲜花夹道的荣光；你也许是撑一支长篙，在岱冲湖畔享受温柔的波光、花的笑靥；你也许在岱鳌发脉、文风鼎盛的浮山，扑面文风盛，弄花香满裳；你也许被三公山的茶歌逗得满山转悠，任时间在流淌……

如果你要寻一处栖息心灵的地方，可以到这青鸟栖居之乡，放缓脚步，放松心情，慢慢品味这里的浪漫时刻、温馨时光……

与花结缘，漫步这青鸟栖居之乡，行止随心，什么都可以想，也什么都可以不想……

古镇踏青

刘东玲

清明节这天，陪母亲回汤沟老家做清明。车子出了县城，沿着宽阔的 G347 国道飞驰。“瞧，油菜花!”母亲像孩子般惊呼。我责怪说：“人老了，就喜欢大惊小怪。”春天，油菜花再寻常不过了。

G347 国道拉近了我和老家的距离，半小时后我们就到了堂兄家。堂兄家新盖的楼房漂亮大气，堂屋中摆着一盆盛开的迎春花，一串串黄色的花蕾映得满屋春光。“馋猫”鼻子尖，“耸耸”鼻子，我闻到鸡汤的香味。伸头一看，厨房里，电炖锅在“突突”冒着热气。堂嫂说，得知母亲要来，堂兄一大早上街，买回一只三斤重的老母鸡和许多时新蔬菜。夫妻俩摘掉围裙乐呵着，带着母亲屋前屋后地参观。曾经，因为房产，两家闹得很不愉快。如今，一笑泯恩仇，一家人还是一家人。

做过清明，吃中饭时，堂兄对母亲说：“婶娘，下午我陪您去踏青，镇上这几年变化可大了!”母亲高兴地答应着。

汤沟古镇始建于明洪武年间，是老桐城有名的四大古镇之一。曾是湖东县府所在地，后因长江洪涝，县府才迁至枞阳镇。古镇东连老洲、铜陵，南接桂坝、池州，是东乡南来北往的交通枢纽。自古商贾云集，繁华热闹，民国时期人称“小上海”。古镇文风昌盛，文化底蕴深厚，下辖陈家洲是桐城派鼻祖刘大櫆的出生地。“我家门外长江水，江水之南山万重。今日却从图画上，青天遥望九芙蓉。”海峰先生的这首名诗就是歌颂汤沟古镇秀美的自然风光。刘大櫆中年时期曾在镇上开丰乐书院授徒讲学，高徒姚鼐也曾在丰乐书院随恩师西窗诵读。

小时候，古镇环境优美，民风淳朴，青石条铺的街道洁净清幽。街道两旁店铺林立，货品琳琅满目。散卖的小贩们蹲在街角吆喝，小巷里飘着芝麻汤圆的香味。双溪河宛如一条彩色的缎带环绕古镇流过。

清明踏青是古镇传统风俗。清明节这天，古镇家家做米粑、蒸五香鲊肉，整条街都飘着香味。下午起，三个一群，五个一簇，郊外踏青的人多了起来。踏青时，中老年人游览春光，释放身心。孩子们忙着嬉戏打闹，玩各种比赛。小伙子们个个精神抖擞，西装革履，眼睛不停地四下睃着，寻找自己的意中人。这天，全镇的漂亮姑娘都会出门踏青，这么好的相亲机会哪能错过呢！姑娘小伙相互瞅对眼了，赶明儿，媒婆就笑嘻嘻地上姑娘家的门啦。

琵琶山和濑子圩是古镇有名的风景胜地。古联“观琵琶山色，听濑子农歌”，就形容此处。琵琶山不高，但山上松林叠翠、青鸟啼鸣。春天，满山红艳艳的杜鹃花盛开，蝴蝶飞舞，鸟语花香。琵琶山顶有一自然形成的巨大磐石，名曰“琵琶鼓”。这磐石很神奇，用脚轻轻跺几下，山坳里会发出“叮叮咚咚”的响声。这些年，镇上的文人墨客常云集此处，就着汤沟锦龙茶干，饮几口酒坊酿的老白干，豪兴大发，或吟诗作赋，或泼墨彩描。

母亲说，先去此地看看。我明白母亲的心情，那儿曾是她和父亲踏青的必去之地。儿时，每次踏青，父亲都怪母亲在屋里拖沓，等在屋外不耐烦，高声大气地催：“么搁饬头，老芽菜了，都盯着水灵灵的姑娘，没人会瞅你！”好一会，母亲洗好脸、穿戴整齐从屋里出来，愠怒地瞪父亲一眼，甩开父亲的手，气鼓鼓地一人跑出老远。父亲没趣，觍着脸讪讪地跟着。奇怪，远远地，又看见两人牵了手。

而今，双溪河蜿蜒流淌，濑子圩禾苗青青，琵琶山翠绿依旧，而父亲，已不在。

堂兄一路扶着母亲，我乐得清闲。午后，明媚的阳光越过琵琶山，映照着濑子圩和山脚边的村庄。双溪河里成群的鸭鹅在嬉戏鸣叫。圩埂上有位老人和一头老牛在慢吞吞地走着。老人走在前面，嘴里斜斜衔着一根狗尾巴草，不时地回头“哞哞”唤几声老牛。老牛嘴里“呼呼”喷着热气，蹒跚地摇晃着巨大的身体，跟在老人身后。

我奇怪地问堂兄，现在农田都机械化耕种，还要放牛吗？堂兄回答说，每个村都有几个老疙瘩，把地承包给了种田大户，老牛却不准村里卖，几个老人轮流着放牛。村书记也拿这些执拗的老人没辙。母亲感叹着说，沧海桑田，时代变迁。人老了都念旧，老人们是舍不得，放不下和老牛的感情啊！

田里的水稻已抽穗，阳光下波光粼粼。堂兄说，机械化耕种后，稻谷的产量增加了，质量都提升了。各种现代化耕种机日新月异，播种机、插秧机、喷水机，收割时还有收割机呢。收割机“轰隆隆”一开，左边出稻草，右边出稻谷，可神奇了。农民身心解放了，再也不用面朝黄土背朝天地辛苦。经济活跃了，空闲时间多了，村里的娱乐活动丰富多彩。各村都有文化广场、读书屋和健身房。吃过晚饭，大姑娘、小媳妇带上播放机，“嚓嚓嚓”音乐一响，村前村后都是舞蹈队。还有县里的剧团，每月都送戏下乡，演出一场接一场。母亲一边听堂兄说，一边笑眯眯地“嗯嗯”直点头。

转过圩埂，前面是一大片蔬菜园。阳春三月，蒜苗长得正旺，一根根嫩绿的苗儿迎风飞舞，煞是好看。用正月的腊肉炒上这早春的蒜苗，就是家的味道。离开家乡的游子，几十年后也不会忘记这浓浓的香味。架上的青椒绿得诱人，刚上市的青椒最是清新爽口。用农家晒的辣酱爆火炒上一盘，是最开胃的一道小菜。小时候，每次母亲炒一大盘辣酱青椒也不够我们吃。我和哥哥们吃饭不再淘气，一个个把碗里的饭扒得一粒不剩，小肚皮撑得圆鼓鼓。母亲开心地看着我们，一脸的欣慰。

小时候踏青，我和哥哥们最爱去的地方是古镇东边的大龙潭。大龙潭湖面很宽，水面氤氲缥缈。据说，曾有乌龙在潭里洗澡，大龙潭因而得名。踏青时，大人们一路指指点点相互谈笑着，无暇管我们。我们掏出兜里早就准备好的小瓦片，乐滋滋地溜到一边。我们这帮“淘气包”们可不是贪念大龙潭的优美风光，而是可以自由自在地进行“打水漂”比赛了。“嗖、嗖——”一个个小瓦片，在水面打着滚，吹着哨，带着一颗颗充满希望的童心，落在湖心深处。投得最漂亮、最远的可得意了，被小伙伴们抬起来，簇拥着，欢呼着，戴着柳条编的“桂冠”，大有“黄袍加身”的自豪感。

大龙潭的鱼虾味道极其鲜美，每天刚上早市，便会被一抢而空。小时候，我怕腥，不爱吃鱼。母亲总哄我，这是大龙潭的大刀鱼呢，姑娘吃了变仙女，小伙吃了长精神，小孩吃了将来就能考上大学！为了能考上大学，我强忍着腥味把母亲剔好刺的鱼肉咽下去。无奈，吃了那么多大龙潭的大刀鱼，我也未能考上大学，但留在小城，做着喜欢的工作，长伴父母身边，也一直幸福满足。

我们一行沿着大龙潭新修的圩堤，一路谈笑风生。圩堤边栽着一排排杨柳，清明时节，柳条抽着粉绿的芽苞，美得让人心软。湖滩很长，沙子发着金色的光，踩上去软软的很舒服。母亲像孩子似的，雀跃地脱了鞋袜，跟在我和堂兄后面踩沙子。湖面吹来一阵和暖的风，吹散了母亲的满头白发。

时光荏苒，风景依旧。我从一个懵懂的少女变成了一个小姑娘的母亲，而我的母亲已是耄耋之年。母亲常说，一辈子，繁华落尽，心存余香，能自然地老去，就是上天恩赐的幸福。

堂兄提议说，去国道 G347 旁的油菜花基地看看，听说那儿的油菜花开得可美了，县里过几天还要举办大型“油菜花”节呢！

我咕噜着：“油菜花有什么看头，我去过婺源举办的油菜花节，也没见多稀罕！”堂兄正色说：“你不是婺源人，可以看不见婺源油菜花的美。每一块土地承载着每一群人的情感，这是在家乡土地上生长的油菜花，你还看不到它的美，那么，你就不配做这片土地的子民。”

堂兄读书少，一直在镇上经商，讲话做事却一套一套的，拿汤沟话说，叫“满充满脸”。我唰地一下脸红了。母亲磕了一下我的头，嗔怪着说：“你呀！”

那年，父亲去世，我工作又不顺心。悲痛与沮丧让我的人生跌入谷底，我的心情糟糕透了。春天，几个朋友拉我去婺源散心。春天的婺源很美，蜂蝶飞舞，花香四溢。油菜花铺天盖地，大片大片的黄，炫目耀眼。朋友们欢呼着，纷纷徜徉在油菜花田里，忙着拍照留影。而我，身处异地，满目的春光却平添了心中的伤感，心情愈发地落寞寂寥，竟潸然泪下。后来，心中的伤痛虽已结痂，但从此不愿直视油菜花。

此刻，我带着家乡儿女的深情，满怀着惶恐和忐忑，慢慢地走近，走进她，走近这片在家乡土地上盛开的油菜花。灿烂的阳光下，一株、两株……千株、万株。沿着国道 G347 汤沟段，是大片大片的油菜花田，放眼远望，一望无际，璀璨金黄。

每一棵植物都有她的前世今生。一开始，油菜花只是一粒小小的种子，被播撒在泥土里。阳光用无私的光辉，土地用深沉的情感，雨露用丰沛的血液，一天一天地滋养着她。十天后，黝黑的泥土上长出了一瓣颤巍巍的幼芽。幼芽睁开小眼睛，懵懂地打量着这个新奇的世界。几天后，幼芽长大了，抽出秆，长出了更多崭新的叶子。每一天，无忧无虑的油菜花都沐浴着阳光雨露，欢快地歌唱。

可是，有天夜里，天空突然变了脸。电闪雷鸣，狂风大作，倾盆大雨从天而降。油菜花傻眼了，叶子被打落了、躯干被压弯了。姐妹们全都匍匐在地，瑟瑟发抖。第一次，油菜花感到害怕，无边的哀伤笼罩着她。生命难道就此凋零？希望会从此破灭吗？

第二天清晨，曙光升起，大地一片光辉。匍匐在地的油菜花，一株，两株，慢慢地全都直起腰。她们抖落身上的雨水，幸存的叶子一片片地舒展开，在清晨的阳光下，发着青幽幽的光。快看——有人嚷了一声。好神奇呀——经过一夜的风雨，田里的油菜花全都长出了花苞！

致敬油菜花，我的双眼噙满了泪水。生存从来都很艰辛，但也从未失去希望。只有扎根于土地，经历过大自然严酷考验，油菜花才会萌生出深沉而强大的生命力量！感恩自然和土地的馈赠，生活在这片土地上努力而谦卑的人们，就像一株株坚强的油菜花，历经风雨而柔韧强健，千锤百炼方得始终。

“怎么了？”母亲打断了我的遐想。“刚刚，我变成了一株油菜花。”我像孩提时一样，调皮地眨眨眼睛。

人们笑着，嚷着，渲染着比节日还要快乐的气氛。大家纷纷走进油菜花田，摆各种姿势拍照留影。有位工作人员拿着话筒，对着田里嚷嚷：“大家小心点、小心点，不要碰坏花苞，一棵花就是一滴油——”堂兄也感叹说：“这成千上万朵的油菜花，就是一桶桶清亮的香油哇！”

“妈，站那儿，我给您拍照。”母亲小心翼翼地走进油菜花田，生怕碰坏油菜花蕾。“咔嚓、咔嚓”，老母亲的笑颜和油菜花永远定格在一起。

“快瞧——”有人指着天空嚷出了声。人群停止拍照，齐刷刷仰起头。碧空如洗，一大团彩色的云朵在天空中流动变幻成头、翎角、长长的喙、五彩的翅膀和不停扇动着的尾巴。

“是凤凰——”堂兄大声喊起来。“凤凰，是凤凰——”油菜花田里，人群的欢呼声就像春天的炸雷，响彻云霄。

我用双手在嘴边围成小喇叭，随着人群跳着，叫着，使劲地呐喊。有人赶紧拿相机拍照，有人热泪盈眶地喃喃自语，还有人兴奋地喊着：“筑凤巢，迎凤来——”

老母亲站在油菜花的海洋里，呆呆地仰着头。哈哈！老人家看傻眼了。

油菜花开白梅春

齐永平

山乡白梅最美的时候，是油菜花开时。那时，白荡湖畔，春水荡漾；白云岩上，山花含苞待放。山乡的土壤里，绿色的生机从每一粒尘埃中苏醒、生根、发芽，再吐出丝丝缕缕的春意，然后交织成无边的春色，装点山高月小的梦境。

那时，烟花三月，阳光乍暖，还未驱尽寒意，十里春风舒舒缓缓，刚吹过孙青大涧，油菜花仿佛约好了似的，一夜间便悄然开遍了山乡白梅。这是乡间最盛大的花事，从低矮的洼地到高高的山岭，从贫瘠的旱地到肥沃的水田，油菜花都留下了靓丽的倩影。

远远看去，一大片一大片油菜花气势昂扬地从平地开到山边，再开到天边，把黄这种色彩像海洋一样汇聚起来，再酣畅淋漓地向大地泼洒，绘出肆意的、奔放的、雄浑的、欢快的自然美，尤其是山岭上的油菜花，不再是连绵不断，但就是那么一两块，再辽阔再浓重的绿意也遮挡不住那一小块奔腾的、蓬勃的黄。那山岭上灿烂的油菜花，在阳光下恣意开放，犹如最神骏的野马，犹如最香浓的烈酒，犹如愈攀愈高的高音唱腔，是世间阳刚的美、纯净的美。每次看见那山岭上的油菜花，看着那绚烂跳脱的色彩，想着勤劳的农人，一股爱意和敬意油然而生。

和侍弄它们的农民一般，油菜花适合群居，偶尔路边有一两枝油菜花，孤独无助，弱不禁风。但是这些普通的农作物汇聚一起，一畦又一畦，一片又一片，犹如千军万马，雄壮威武。那种大气磅礴的美，浓重厚实，让人目瞪口呆，无比震撼，直想扑进花海，化为浪花一朵，尽情扑腾。

然而走近油菜田，你会发现它又是秀美的。它身材高挑，茎叶犹如碧玉，花朵玲珑小巧，花瓣薄如蝉翼，颜色干净纯粹。它似乎瘦瘦弱弱，但这些娇小的花一朵挨一朵，簇拥在一起，就把那单薄的黄色渲染成了明亮又厚重的色彩，那种原始的黄色，别样的美丽迷人。走近油菜田，你还会发现油菜花又是芬芳的，淡淡的清香，混和着春风和阳光，构成了家乡田园的味道，烙在心田，会一直陪着你走向远方，成为永不能忘的残梦，温暖异乡人生。走近油菜田，你还会发现，油菜田里还有一个个小精灵——蜜蜂。精灵们“嗡嗡”地哼着小调，在花丛中一边舞蹈，一边采蜜，优美的舞姿，娴熟的技艺，足以让人在春风里沉醉，在菜花香里忘记时光，忘记尘世里的劳碌。这些油菜田，还是我儿时的劳作场、游乐场，幼小的身躯拎着小篮子，在田间出没，寻找猪草，其中有一种叫小鸡草的，长得特别茂盛，一抓一大把。它有一束毛茸茸的籽，可以喂食小鸡。打够一篮子猪草，我和小伙伴们就在田间游玩，采野花野菜，看蜜蜂跳舞，打一副残旧的扑克……在那贫瘠的年代，油菜花田给予了孩子们无忧无虑的时光。

这些春日里的油菜花，不再是一种简单的食用植物，不再是老农侍弄的带着土腥味的朴素的庄稼，它已化身为一种富有田园美学意义的植物，甚至可以媲美凡·高最钟爱最崇尚的向日葵。它美得雄浑大气，美得热烈奔放，美得清新阳光，不媚俗，不矫揉造作，拒绝阴郁和忧愁。它不仅能让辛勤的农人在劳作之后赏心悦目，更能让城里人把沉在心底的喜悦捞起来，绽放在嘴角边、脸颊上、眼睛里，甚至是在声音和呼吸的空气里。所以啊，城里的男女老少，一到油菜花盛开的季节，就争先恐后地来到乡间观赏。他们走进自以为一辈子也不爱搭理的田间地头，忍不住触摸一朵油菜花，嗅着阳光下淡淡的花香，连同清新的泥土味一起吞下，想把高油脂的肠胃洗得像新生的嫩草般清香。他们欢笑着，大惊小怪地说着赞美的话，女人和孩子们摆着姿势与油菜花合影，男人们扛着“长枪短炮”，像救火一样飞快地按着快门。平日里显得小鸡肚肠的农妇也格外大方，不去计较城里人摘下几枝油菜花或是踩坏一块地，她们同情心大发，觉得这么稀罕油菜花的城里人多可怜，哪怕城里人再富有，在欣赏油菜花这件美好的事情上，乡下人的条件算是得天独厚了。

城里人走了，带着摄满油菜花的相机，恋恋不舍。他们欣赏了阳光下的油菜花，但无法看见风雨凄迷中的油菜花，更无法品味夜色下的油菜花了。那清柔的风，皎洁的月光，朦胧的油菜花海，各种植物和泥土混杂在一起的清香，是乡间独有的夜景了，还是留给辛勤的农人吧。

油菜花开的季节，是乡间最美的季节。虽然那绚丽的油菜花，我已看过多年，近乎熟视无睹，但不经意间还会遇见别样的油菜花开。有一天，我从白梅赶往浮山。走的是山路，七弯八拐的，车子慢腾腾地爬，得防备冷不丁冒出来的小动物，一只小狗或者一只鸭。它们世面见得不多，有时敢占据要道，与车辆这个“怪物”对峙。开车的人，都希望车轮干干净净，不沾血腥，只得礼让，但遭遇鸣笛不退，有时还要下车驱赶。

忽然，在一个拐弯处，一间不起眼的旧院子里亮起了一片金黄的光，那是一丛丛高大的油菜花。狭小古旧的院子，盛不住油菜花的灿烂，它的光芒，在院子破败的格局下，有着一种特殊的令人昏眩的美。从没想到，有人会在院子里种下一大丛油菜花。也许那是一位淘气又爱美的山村儿童，瞒着大人别出心裁地播下油菜花种，他想给沧桑的院子在春天里增点美景；也许那是一位体弱多病的农人，老得跑不到田畈了，又舍不得热爱的油菜，便在空荡荡的院子里撒下菜籽；也许那是一位留守农妇，亲人远行，寂寞难耐，她种下一丛油菜花，给空空的院子增点生气。寂寞空庭晚，这热烈的油菜花，多像远方亲人的笑容，对于思亲之情，多少有些慰藉。

车子拐过了弯，那小院里的油菜花也深藏脑海。很长一段时间，遇见一些璀璨炫目的美，那油菜花便从小院里风姿绰约地浮现出来，让所谓的美黯然失色。那是我见过的最绮丽的油菜花，却不知那小院里的人，还会年年在寒风中殷勤地撒下菜籽吗？

再绚丽的油菜花也有凋零的时候，但对农人来说，那才是最美风景的开始。也只有他们，能够在一望无际的田野间，听见第一束油菜花开的声音，听见第一束油菜花落的声音，听见第一束油菜荚结籽的声音，那是劳动者才能听出的声音。伴随着那些孕育生命的美妙声音，一畦又一畦的菜花谢落，碧玉枝头结出一簇簇细小的尖角，渐渐挤满整个田塍。这时，农人跑得更勤了，比看油菜花时还勤，尤其是一些老人，他们满怀喜悦地看着满田的油菜角果，估算着今年的收成。有一年，孩子外婆对我说：“平林表爷讲他家油菜长得好，一棵能打三两油菜籽。真是笑话，他家油菜真那么好吗？那要鸡蛋都能滚过去！”

还真不是笑话，那年油菜大丰收，鸡蛋真能骨碌碌地滚过去。

醉是夕阳西下景，田间楚楚泛金光

疏丽云

春风又绿江南岸，婺源的油菜花开得最热烈，最妖娆，无须怀疑它的容颜，要不然怎会吸引成千上万的游客去踏青？时至今日，我未去过婺源，因为在骨子里我觉得最美的风景在故乡浮山。我总认为家乡的油菜花丝毫不逊色于婺源的油菜花，何必千里迢迢去追寻？在浮山，油菜花就是一张家乡迎接春天的请柬。夕阳西下，站在山坡上，眺望浮山的原野，田间泛着金光，生动了春天嫣然的笑脸。

浮山地处丘陵，地形多样，有圩田，有山坡，有旱地，有水田，农民种植油菜也是随意为之。房前屋后，随心所欲，想种到哪就种到哪。雨天，远山朦胧，烟雨迷蒙，绿树葱茏，紫云英绽放，梨花带雨菜花俏，好一幅江南烟雨图；晴天，远山含黛，水鸟翻飞，姿态翩跹，清风吹来，暗香浮动，如诗如画。油菜花簌簌低语，摇曳生姿，如朴实无华的村姑，随遇而安，清新自然，不哗众取宠，不与群芳争艳，不卖弄风情，不论是清风明月还是风霜雨雪，她都沉浸在自我扎根的大地，散发着淡淡的花香，含着脉脉的温情，静静地花开花落，不怨天不尤人。

我喜欢在晴天走进屋后的油菜田，近距离地观看油菜花那丰腴茂盛、密密匝匝且厚实灿烂的壮美。一朵朵小黄花，并不起眼，但是无数的小花紧密无隙地聚合在一起，就成了势不可挡的金色海洋。任凭风刮雨摧，油菜枝干抱成一团，不离不弃，众志成城，栉风沐雨，小小的黄花依然金光闪烁，夺人眼球。油菜花积蓄在生命中的力量酿成了磅礴之势，不失时机地迸发出来，辉煌的色彩便在田野中流动，无限的生气便在天地间升腾。乾隆皇帝曾给油菜花写过一首诗："黄萼裳裳绿叶稠，千村欣卜榨新油。爱他生计资民用，不是闲花野草流。"是啊，"金黄灿灿染三春，映日摇风自散馨"的油菜花，不拥有"桃之夭夭，灼灼其华"的光芒和气场，也不拥有"自是花中第一流"的颜值和气质，但在劳动人民的心中，油菜花是让人心生安宁、心怀希望的幸福之花。他们可以不修篱种菊、种桃、种梨，但是不可以不种油菜花。

站在油菜花的花丛中，方知大地回春，身在春天。细看油菜花，光滑的秆，披针形的叶子，沙粒一般的果实，熙熙攘攘，恣意绽放，简直成了一片金色的海洋，好不热闹。是的，有些事物是要热闹了才有独特的风景，就像这团团簇簇的油菜花，只有热闹了，才有浓郁的韵味，才有盛大的气势，才有足够的排场，金浪翻滚，生机勃勃，馨香四溢，招蜂引蝶，给人温暖，给人希望。倘若就一簇两簇、稀稀疏疏的油菜花，绝不会让我们怦然心动，燃起我们激情的，让我们怦然心动的，当然是满山遍野的油菜花海。

桃花落尽菜花黄，招引蜂蝶伴舞忙。每当浮山的油菜花竞相开放的时候，我总不忘回一趟故乡，看看"夜来春雨润垂柳，春水新生不满塘"时那柔和的夕阳中片片的金黄。"醉是夕阳西下景，田间楚楚泛金光"，浮山的油菜花没有高贵的气质，就像邻家的小妹一样，没有倾国倾城的容貌，但清新，自然，淳朴，转角遇见她，还想再回眸。

魅力岱春湖

胡笑兰

几场霏霏细雨，太阳终于粲然一笑，蛰伏了一冬的生物们苏醒了，仿佛能听见她们拔节破土的声响。树枝软了，柔了，也绿了。那几天前还薹秆嫩碧、芽苞含羞的油菜花，仿佛一夜之间便开得烂漫。

枞阳首届油菜花旅游文化节如约而至。

约脾性相投的三五好友，去往岱冲湖，去凑一场热闹。

阳光正好，三月的春风温润和煦。

远山如黛，巍巍迤逦。近处看那青色的山峰，将那伟岸的峰影摇曳在岱冲湖的柔波里，最是那一低头的温柔，清涟里有青山的倩影。山上沟涧纵深，在林间山石中出没，清泉汩汩，不约而同地扑入岱冲湖广柔的胸怀，这湖水便清澈得很，生出许多灵性。

岱冲湖如一面硕大的镜子般深情款款，一眼望去辽阔得让你的心也跟着开朗明亮起来。

湖岸，环系田园村庄。那依山而居的村落，在绿树花影里隐隐约约，鸡犬相闻。门前碧水，三两只小船随意抑或是闲适地靠在岸边。湖湾是小船出发与停靠的港湾，小船与水呢喃着什么？大约是主人家的午餐桌上将不可或缺一份鲜香的鱼虾了吧！鱼虾是我至爱的美味，岱冲湖此刻在我的心里不啻人间仙境了！

仿佛三千年前，便写入了《蒹葭》的传说里。

车过大窑圩拐进一条小道，眼前便是岱冲村。女人们本就爱热闹，车刚停稳便欢闹着扑向清香烂漫的原野。

走在无际的花海里，任凭比肩的金色的花儿芬芳着我的脸庞、我的衣衫和我那久久悸动的心灵。一株又一株的油菜花簇拥着，在春天的大地上漫山遍野，河岸、江堤、林间、田野……在蓝天白云下张开她们那灿烂的笑脸，又一簇簇、一片片蔓延向天际的远方。金黄色的油菜花盘旋着节节高起，如塔样开放的花朵在风里轻轻摇曳，在蝴蝶和蜜蜂的翩舞里摇曳，熙熙攘攘，热热闹闹。

突兀的洲头，一块浅滩像极了一尾搁浅的鱼，那上面紫云英正开得浪漫。弧形曲折的两岸，紫云英也一路蜿蜒。你看，那淡紫色的小花，从匍匐的翠绿柔嫩的茎叶里绽放出妩媚的笑，开得恬静优雅。一朵连着一朵，一片连着一片，淡淡的，带着泥土的质朴与芬芳，在春风里摇曳生姿，宛如翩翩起舞的花仙子，这般的灵动飘逸，又仿若普罗旺斯的浪漫，令人陶醉不已。

据说这些紫云英纯属野生。金秋时节，紫云英的种子随风而去，落入泥土。此一处北岸滩涂，长年淹于水下。冬季水退，湖滩裸露。春风才一吹拂，她便会破土而出，开得热烈。年年如是，你看与不看，她都在那里，多么顽强的生命力！我对她生出莫名的敬畏之心。

湖中大大小小的岛屿，宛如青螺坠玉盘，不远处的小岛“荷叶墩”像极了汪洋里的一条船。那碧绿的麦苗与成片的油菜地错落有致，又是别样的景。岸边斜欹着几树老柳，铁色盘曲的树干透着苍劲，很有些年头了。我想，它除了见证了窑厂的百年辉煌与沧桑，也阅尽了岱冲湖春光无数吧。

春季的岱冲湖，斑斓妍丽，青翠碧绿，像被泼上了颜料的调色板，在画家的笔下，勾勒出无与伦比的美丽。

艰难洪荒的岁月无风景。儿时的我们视油菜花、红花草为平常物，又哪里是入眼的风景。正青黄不接啊，油菜花开就代表饿肚子了。薅一把红花草，捋一把榆钱儿，清水潦一潦也能果腹。

如今，我们把日子过好了，便处处是风景。

卸却包裹臃肿的冬装，换上轻盈的春衫，三五成群的女子，在蜜蜂的浅吟低唱里，在如霞的紫云英花海里，淡素妆，浅浅笑。同行的摄影师美女阿莉“咔咔”为我们拍下了张张靓影。

我们满怀自信地走进大自然，此刻什么都不去想，让自己的双眸触摸三月的千娇百媚，无限春光。

如此，岁月静好！

三月，我在三公山脚下等你

左克友

三公山因枞阳、庐江、无为三县共有而得名，被当地人称为“万山之母”，主峰龙王尖，位于枞阳县钱铺镇鹿狮村境内，海拔 674.9 米，为铜陵市最高山峰。这里青山如屏，溪水如练，乡村如画，是个理想的旅游观光胜地。而早春时节则是观光的绝佳选择：可赏漫山遍野的油菜花，可览壮丽的山景。

合铜公路旁有一条乡村公路蜿蜒曲折地伸向三公山脚下。2019 年春，雨水热情得没心没肺，将油菜花期无情地推迟了一日又一日。“青山遮不住，毕竟东流去。”春姑娘还是挣脱了连绵阴雨的束缚，以蓬勃的朝气唤醒了花神。你瞧，油菜花就沿着通向三公山脚下的村村通公路两旁匆匆忙忙奔走着，像芭蕾舞蹈演员踮着柔软的脚尖，将温情的绿意融入了黑色泛青的土壤里。

三月是花儿竞相怒放的月份，花仙子在春的舞台上自由自在地炫耀着芳姿。花儿积蓄一冬的能量之后，便在大地的春衫里撕开一个小小的裂口，亮着最美的颜值来一场环绕乡村的流动演出：粉红的桃花与娇妍的人面相映红，枝枝红杏忍不住寂寞，翻越篱笆墙向行人抛着媚眼，玉色的梨花挂着晶莹的露珠羞涩地眨眨眼。但最美的还是那满畈满畈的油菜花，有的将开未开，有的灿如织锦。若论艳丽、雅致、惊艳，油菜花算不上花中的美女子，但她实在，朴实中见美丽，香软中见真情，她是农家的孝女。

三月，油菜花开，几场春雨后，道路两旁的油菜花便向我发出了邀请：来吧，我已将调配好的色彩涂抹到大地的角角落落。

沿着并不笔直但十分平坦的道路，什么都不必带，什么也无须带，只要带一双会亲近美的眼睛，来一次对油菜花的倾情专访。

山区特有的地形地貌造就了山区特有的油菜花风光：有的零零点点，挺立于角角落落，清秀得像小家碧玉；有的连点成片，一望无际，典雅得似大家闺秀；更奇妙的是馒头样子的小山，半山腰盛开的油菜花恰是七仙女垂下的彩带，鲜艳夺目。

走着走着，眼前一亮，那一片金黄金黄的是什么？是油菜花仙子的七彩裙袂，还是春姑娘给田地铺上的金纱？哦，是望眼欲穿的油菜花开了。一朵两朵，一簇两簇，一枝两枝，给山尖戴上了金黄色的绒帽，给大地铺上了金色的毛毯。蓝色天，悠白云，金黄地，是大自然随手勾勒的油画，还是春天寄给春心荡漾的人们的明信片？站在地势较高处，小桥、流水、村舍、山峦统统染上了金黄，融化成了一个金色的海洋，美得让你睁不开眼，酷得又让你不敢不睁开眼。

山回路转，翻过一个小山坡，层层叠叠的梯田同我打了个照面，“一水护田将绿绕，两山排闼送青来”，青的是山色，黄的是花。梯田上茂盛嫩绿的油菜花是金碧辉煌的绸缎：底处的油菜花密密匝匝，招惹蜜蜂嗡嗡地叫着，蝴蝶翩翩起舞，油菜花的香味被蝶蜂搅得像开锅的热粥，清香扑鼻。高处的油菜花，有的只是花骨朵儿，但也不甘寂寞，正在紧锣密鼓地酝酿着花的春梦。油菜花给那片斜坡挂上了金澄澄的披巾。

来到一处地势平坦的开阔地，油菜花开，仿佛一场视觉盛宴，让人兴奋得喘不过气来。一阵清风吹过，菜田上空翻滚着美丽的花浪，由近及远，由薄到厚，将金黄色彩和清凉甜味演绎到高潮。油菜花田里，一个古铜色皮肤的老汉身扛铁锹，手牵一个如花的七八岁女童正走向菜田。小姑娘一见美丽的花色，便挣脱了爷爷的手，沿着铺满花蕊的小径追逐着蜂蝶，那稚嫩的小脸分明就是一朵可爱的油菜花。“儿童急走追黄蝶，飞入菜花无处寻”，多么温馨的儿童扑蝶图。

我同老农攀谈起来，老农说，今年雨水多，对油菜花生长不利，但只要肯下功夫，人勤地不懒，一天多跑几趟田埂，多沥水，今年油菜也会有个好收成。我问：“您喜欢油菜花吗?”老农不假思索地回答道：“当然喜欢，油菜花好看，最重要的是它能结成金晃晃的菜籽，榨出香喷喷的菜籽油，为百姓的餐桌奉上一道绿色香甜的油料。我不喜欢好看不中用的花，既不能给人实惠的东西，也不算花君子。”

听了老农的话，我对油菜花肃然起敬，“爱他生计资民用，不是闲花野草流”。油菜花不是一朵普通的花，而是一朵予民实惠的花。它不言不语，不声不响，默默地开花，实实地结籽，把全身的能量无私地奉献出来，不图名利，只因初心。

置身于花的海洋里，朵朵菜花花枝招展地跳着迷人的香舞，我似乎听到油菜花问好的话语，油菜花的金黄熏醉了双眼，柔嫩的花蕊甜腻了心扉，逼人的香味熨平了浮躁的思想。我产生了一种幻觉，我已成为一株迎风站立的油菜花，为游人送去赏心悦目，为大地馈赠沉甸甸的珠圆玉润的籽粒。

皖南的油菜花美，江西婺源的油菜花艳，但比不上枞阳大地上的油菜花香，嗅着嗅着就醉了。

站在制高点，环顾三公山脚下，春就是一位神奇的艺术家，以油菜薹秆为笔，一泼一洒，一点一滴，不需构图，随意描摹，于是，道旁山前，平地缓坡，一帧一帧的油画，或大或小，或长或短，流光溢彩地挂在人们的视野里。

三公山下的油菜花幸福地盛开，为了枞阳首届油菜花旅游文化节，为了踏青赏光的八方来客，为了闹醒枞阳大地上的春意。

油菜是一种经济作物，也是一种观赏性的花卉。枞阳首届油菜花旅游文化节的设立，与时俱进，接地气，惠民生，从旅游和经济的高度把枞川大地的油菜花之美、枞川大地的底蕴之厚、枞川大地的人文之美展示于世人眼前。油菜花的金黄必将带来经济的金黄，为枞阳经济的绿色高效发展搭建起一条快车道，滚滚向前，马不停蹄。

油菜花是春天送给勤劳人民最美的礼物，种植油菜花，收获的是满满的香味；观赏油菜花，收获的是轻松的心情。放下烦恼，到油菜花盛开的田野去，用眼，用镜头，用心灵，摄下大自然的美。“金黄灿灿染三春，映日摇风自散馨。怀志弗争菊妹宠，只期岁岁籽丰盈。”油菜花的迷人风采便将带来人生的常绿春天。

枞川大地上的油菜花，仿佛是从唐诗宋词里走出的妙龄女子，吟唱着“沃田桑景晚，平野菜花春”的诗句，随意翻开三月的日历，挑选有力的动词，斟酌着精美的形容词，于是，一个灿烂美丽的春天便来到了古老而年轻的枞阳。

到田野里去，看看油菜花，这是迎接春光最美的方式。

长沙洲的油菜花

蒋冬青

长沙洲。

北岸，匼山仿佛卧榻侧睡的公主，婀娜多姿。南面，凤凰洲确似一只展翅欲飞的凤凰，五彩斑斓。每当油菜花开放的季节，你尽可把长沙洲想象成风度翩翩的公子，怀捧一洲的金花，左牵凤凰，右执童子（新长洲），披霞踏浪，向匼山公主举行一场声势浩大的求婚仪式。

何等灿烂辉煌的仪式！艳阳普照，油菜花渲染着金黄。太过突然，太让人感动，太令人震撼。一夜之间，也许是一场春雨之后，说不清是早晨还是午后，晃眼的油菜花铺满长沙洲堤外堤内、房前屋后，求婚仪式轰轰烈烈地举行了。九十九朵红玫瑰，哪能与它比热烈！

何等波澜壮阔的仪式！长江的万顷波涛好似齐步行进的仪仗队，奏响快乐的礼乐，从古代走来。孟浩然由武汉到扬州，乘舟途径长沙洲，正是油菜花盛开的三月。在黄鹤楼送别的时候，好友李白就写诗告诉他："故人西辞黄鹤楼，烟花三月下扬州"，孟浩然如果没有看到长沙公子的求婚仪式，那才怪呢！

当然，这是壮美的气势，引发了你离奇的想象。

何等坚贞不渝的仪式！每年一次，亘古不变。丫山公主，也许是矜持，又或是羞怯，从不应约，然而长沙公子依然初心不变。“我欲与君相知，长命无绝衰。”哪怕她已心有所属，情有所依，形销骨毁，臻于消失，他也要把最热烈的金黄奉上，也要把最赤诚的衷肠倾诉。

这不是传说，而是地理情缘；这不是神话，而是自然造化。

面对“年年花相似，岁岁景优美”，我一次次傻想，终于想明白她是个什么样的呈现！

比之于长沙洲的油菜花，白居易大林寺桃花、周敦颐的莲花、陶渊明的菊花、陆游的梅花，都是诗人借花在诉说自己的遗憾，自己的高洁，自己的清廉。花是被动的，是无言的，缺乏灵动。

长沙洲的油菜花可以傲视群花的地方，就在于她本身色彩的热烈、金贵，随风流动；她是灵动的，会说话的，是何等蓬勃的生命！

因此，要想读懂长沙洲油菜花的美，无论你从哪个城市来，最好是清晨从桂坝乘坐汽渡过江，趁着在船上歇息的机会，调整好自己的心绪。你看——

苇白蓼黄沙，鸥惊飞小舟。
日出天宇阔，霞涌红绸流。
得失浪滔滔，成败水悠悠。
日出千古似，何必有烦忧！

一幅《江上日出》图，将让你放下烦恼和浮躁，以宁静平和的心态与自己的心灵对话，与这里的因华美而矜持、因富有而深藏的油菜花对话……

你下了汽渡，可沿着木排村中心公路徜徉，沉吟……

公路两边，近千亩油菜花向西平坦地铺开。说她像一片金色的沙滩，不像，因她比沙滩温柔；说她像一块金色的地毯，不像，因她比地毯金贵；说她像奥地利画家克里姆特以金黄为背景的画作，不像，因她比他的画作大气！

一览无余的黄色，像熔化的金水疯狂地泼洒，像巨大的镜子毫无顾忌地反射满天的阳光。这就是她的文字，这就是她的语言。细细品味，认真体悟，难道你还没有听懂她的诉说？

在她的诉说声中，有洲头兄弟用铁叉叉死日本鬼子的怒吼；有连长侯正芳烈士在渡江战役中杀敌的号角，在敌机扫射时倒在血泊中的不屈呐喊；有全体长沙干部群众在改革开放、扶贫攻坚、防汛抗洪道路上豪迈的歌声……

你走完木排村中心公路，经过乡政府，再折向南边，从长沙公路节制闸往东，在碧渠中泛舟，可欣赏渠水两边的油菜花。这又是一番景象。

只见白墙红楼，竹林依依，房前屋后桃红柳绿；百步长廊，曲径通幽；小桥流水，鱼翔浅底。油菜花因它们点缀其间，成了一块块黄色的丝巾，一片片飘落的云霞。

曲水里有她的倩影，蓝天白云下是她的笑靥。如果此时再蒙上一层轻纱薄雾，你耳旁流淌的就是一曲古筝独奏。

那琴，就架在这春水的边上、油菜花间；那人，就是长沙男女，身着一袭时尚服装，以沉醉的眼神，用那双有力而纤长的手，拨弄琴弦。琴弦上流淌着天人合一、物我两忘的音符，流淌着相亲相爱“高山流水”的旋律……

你弃舟上岸，再漫步田间小路，去亲近油菜花。

她碎碎小小，层层朵朵，像无数个小金铃，摇醒了冬梦；像无数个小喇叭，报告着春的喜讯。举目远眺，眼前是花的海洋。集腋成裘，积沙成塔；涓涓细流，百川汇海，油菜花恰似一首有言的哲理诗。

突然，“扑”的一声，从花丛中飞起一两只色彩斑斓的野鸡。野鸡又名雉鸡、七彩锦鸡、山鸡，是集观赏和药用价值于一身的名贵野生珍禽。虽然它肉质细嫩鲜美，野味十足，羽毛华美，可以制成羽毛扇、羽毛画、玩具等工艺品，但它是国家二级保护动物，长沙洲人从不会贪心捕杀。

“蝉噪林逾静，鸟鸣山更幽。”中国古代诗歌里，诗人们特别注意动静结合的意境创设。长沙洲的油菜花丛与野鸡窜飞，让你欣赏到更加真实、更加生动的诗！

也许这时候会有用网捕野生小龙虾的人从你身边经过，凶野而鲜活的小龙虾让你馋涎欲滴。没有关系，你尽管开口向他们购买。当然，你也可以去餐馆，尽情享用。如果运气好，你还能吃上长沙洲特产——冰镇蝉蛹呢！你和三五朋友，一边喝着小酒，一边剥着长沙洲清香扑鼻的小花生，这才叫享受啊！

“竹喧归浣女，莲动下渔舟。”王维用淳朴的民风与山村的寂静互衬，那么长沙洲人与油菜花，正互相辉映。

你欣赏长沙洲的油菜花，无需别人解读。我担心导游的评判会挤掉她的美，会误读她的庄严和金贵。

你一路欣赏，一路沉吟。在告别的时候，你肯定已经明白，长沙洲油菜花到底是一个什么样的形象……

油菜花盛开。长沙洲江堤环绕，恰如硕大的盆，盛满一盆金子。她何止是一场求婚仪式，更是一场献金仪式！

啊，油菜花开，好一场盛大的仪式！

油菜花，家乡的笑靥 | 田再联

油菜花盛开的地方，春天是金色的。

阳春三月，油菜花知性优雅地主持着家乡的节目，把阳光召集在大地上，潇洒地走一回。

享有“诗人之窟、文章之府、气节之乡”盛誉的枞阳是我的家乡，它地处吴头楚尾，襟江带湖，山脉绵延。油菜花在这片土地上，生不择地，随遇而安。在美丽的三月，油菜花成了我家乡的笑靥。

菜子湖、白荡湖、神灵赛湖、龚脍赛湖，烟波浩渺，被湖水滋润的油菜花热情豪放。广袤的原野里，它们挨挨挤挤，相连成片，将大地诠释成金色的海洋。纵横的水道波光粼粼，映着蓝天白云，浑然淡雅的丝带蜿蜒飘逸，形成色彩衔接完美的天然水粉画。和煦的风悠悠地拂动着海面，浓郁的花香一浪赶着一浪，急切地扑鼻而来。置身其间，点缀在这原野的霓裳上，你会凝固了思想，惊怵地呆立成一只木讷的蛹，当彩蝶起舞来袭，你便离奇地化蛹成蝶，情不自禁地与蝶共舞，演绎“儿童急走追黄蝶”的童趣。如洗的浮云与湛蓝的长空在很远的地方俯下了身子，轻抚着花海里蕴含的浪漫。

滔滔的春江留恋着身旁绵延的花廊，江岸旁的油菜花摇曳吐芳，颔首作答，脉脉含情。江水捎上这片大地上的油菜花香，飘向更辽阔的地方。

岱鳌山、浮渡山、三公山连绵起伏，它们穿上翠绿的春装，带着蓝天白云，瞅着花浪，闻着花香，钦慕着油菜花的烂漫。大大小小的山岗上，油菜花一点也不丢失艳色。顺着起伏的山坡，油菜花乘势攀行，一垄高过一垄，一层越过一层，绵延浮动。桃花、李花、杜鹃花闻讯赶来，色泽交错辉映，缀饰成趣。油菜花兴奋地流泻开去，气势壮阔，淹没了田野，淹没了村庄。

G347 直抒胸臆地裁剪着枞川大地，劈开花浪，让奔驰的车辆得意地穿梭在油菜花编织的锦缎里。

家乡的房前屋后，油菜花也并不顾影自怜。零星的碎地上，它们亭亭玉立，这儿一丛，那儿一簇。篱落疏疏菜花黄，油菜花偎依着村舍，由一个拐角转向另一个拐角。家乡人很少让他们的土地闲着，或许这是对土地最好的尊重。油菜花与它们的主人一道热恋起家园的每块土地。蜜蜂们在紧张的劳作中，“嗡嗡”地哼着喜悦的歌。家乡人的庭院，有声有色。

油菜古称芸薹，最早种植在我国北方，其后传播到长江流域。中国和印度是世界上栽培油菜最古老的国家，至今已有六七千年的历史。可见它在农作物中的地位，更能看到它与农耕文明结缘已久。

“九菜十麦”，这是长江中下游地区的农谚。油菜、小麦是这个地区的两大越冬农作物，头年的农历九十月间播种，到第二年的初夏收获，被称作农作物的“午季”，是农业收成的有力补充。

寒冷的冬天，满地的油菜绿油油地生长着，毫不惧怕冰天雪地，与寒冬相伴，与霜雪相随，成为土地宁静的居士。寒冬来之前，熟谙农事的人们便为油菜施足营养，让它们以更结实的身子迎接冬雪的来临。积雪与严寒能消除病虫害，此时的油菜，既得到了考验，又获得了入微的呵护。冻得如菱角似的土块缝隙间，看得清油菜根系的脉络，看得清它生长的思路，看得清它倔强的态度。漫天飞雪里，百草枯萎入睡，贮存生命，而它用那艳绿与皑皑对接，形成天地色泽的交汇。

“黄萼裳裳绿叶稠，千村欣卜榨新油。爱他生计资民用，不是闲花野草流。”这是乾隆大帝走出宫廷，走进乡野而写下的著名的《菜花》。旖旎的田园风光里，株株油菜花相依怒放，花萼金黄美盛，绿叶稠密间嵌，楚楚动人。油菜花不像闲花野草之流，它能结籽榨油，可以改善老百姓的生活。村庄里仿佛传出卜卜的榨油声，油香飞逸。诗文道出了油菜花与民生的关联。

如今的油菜已超出它原有的农耕价值，油菜花田成了热门旅游景点。种植油菜是发展特色农业、推广地方旅游业、传播地方文化、驱动区域经济的好项目。为打造油菜花观赏基地，人们绞尽脑汁，对景区的花田拍照台、草亭、木桥等相关设施都得精心布置，尽量自然地流露出地域风貌与文化。在经济发展的时代，油菜花受到了从未有过的热捧！

油菜花开了！油菜花景区的观赏广告图片纷至沓来，城里人清楚地知道了季节的变换，都想亲临目睹景区油菜花的美丽壮观。川流不息的车流把人海融进了花海，油菜花静静地享受着游人的夸赞。

“满目金黄香百里，一方春色醉千山。”在人与自然的磨合中，油菜花得以驰骋与光大，赢得了超然于物外的赞誉，博得了与时俱进的活力。

观赏油菜花已成为人们走向春天的时尚之举，欣赏了油菜花的人们，记录下他们的见闻，用各种形式表达着对油菜花的热情。于是，精美的图片和文字也便流进网络的血管里，被输送得很远。

也不知油菜花是何时开始盛开在我家乡的这片土地上的，或许那射蛟台早已闻过它的芳香，或许那滚滚的江水早已带走过它的倩影……而这些，只有油菜花自己知道。在这块土地上，它年复一年地生长，开花，结籽，在漫长的岁月里，给我们恩赐着物质和精神的营养。

油菜花越过千年、百年……它又盛开在我们的眼前。它携带着艳丽和芳香，它串连着历史和文化，绽放在枞阳大地上。

麦园，一个容易让人联想起庄稼的名字；油菜花，一种养眼的庄稼之花。麦园的油菜花，集结着家乡一个季节的美丽，集结着家乡悠久的文化，集结着一场步入田间的盛况，轰轰烈烈地展示枞川风貌，迎接四面来客，把家乡的笑靥传遍八方！

仰望老枫树

汪　宝

从县城出发，沿着G347国道过神灵赛湖上的相国大桥左拐，很快就来到了我的老家周山村姚坂组，庄子上有三棵需几个成人才能合抱的老树，树龄都已超过百年，一棵是枫树，另一棵也是枫树，最后一棵还是枫树。老家属丘陵地区，连绵错综的山岗上密密麻麻地生长着无数棵多类型的乔木，竟然没有一棵能长过这三棵枫树的。

记忆深处的枫树其实还有四棵，只是它们早就不复存在了——有两棵被锯倒，还有两棵遭了雷击。

20世纪70年代末，读书的适龄儿童越来越多，在村庄祠堂里办的复式班已经无法满足实际需求了。乡亲们就商议在小凹场建一所初小。建教室就需要建材，砌墙的问题最容易解决——打土墼，盖屋顶的大瓦可以让大队窑厂烧制，椽子可以在集体的山林里砍伐，就是缺少屋梁。没有栋梁之材，怎么建设安全的房屋？村书记老徐带几个问事的围绕着村东边稻床旁的两棵老枫树转了几圈，一拍大腿，指着大树笑着说："就是它们了！"说干就干，七八个壮劳力不知从哪里借来的斧锯，噼里啪啦地就着手放树。那时候没有电锯（村庄连电都还没有通），要想放倒两棵都四五庹粗的大树，还要把树干变成桁条，谈何容易！但只要功夫深，何愁事不成？老树终不敌斧锯，一个多月后，它们变成了十几根桁条，就连树枝、树皮、木爿和锯屑都被村民分回家烧锅沤火了。孩子们在新正月搬进了新教室，迎来了新教师。方形的桁条还散发着木头的清香（枫树在老家被称为枫香），和着孩子们琅琅的读书声萦绕着整个村子。小学校并没有存在多长时间，那些包括桁条在内的建材也不知所终。当年拉大锯的青壮年如今都头发花白了，还有几位已经长眠在原先教室后面的青山上了。

“木秀于林，风必摧之。”遭雷击的两棵枫树，一棵长在小冲塘塘埂上，一棵长在东头山岗上。山岗上的枫树是在一个夏天的雷雨夜里被毁的。那时我刚刚记事，吓得不知所措。据说一根粗大的树丫竟飞到村西头一户人家的草屋顶上，将屋顶砸个稀巴烂。那家只有母子二人，生有瘌痢的儿子四十多岁了还没有娶老婆，平日里对白发苍苍的老母亲颇有怨言。老奶奶这下连忙跪在地上，双手合十朝天祷告：“雷公菩萨，难为您惩戒我那不孝子了，怪我平日里没有管教好，要带人走就带我吧……”那歇在披厦里的儿子也吓得魂飞魄散，急忙爬下床，依母亲跪下求饶。

小冲塘塘埂上的那棵枫树毁在21世纪初。那时我早就在外地工作了。堂弟是亲历者，他告诉我，那天午后，风云突变，狂风大作，乌云滚滚，不一会电闪雷鸣，大雨倾盆。他从田里跑到附近的大枫树下避雨，完全顾不了被风吹得滚动的稻把。没过一会，一只和树枝一起掉落的大青虫急速爬过他的脚前。他似乎有一种不祥的预感，想起老师说过雷雨天气不能在野外的大树下躲避，他就脱下背心搭在头上，赤脚飞快地往回跑。几分钟不到的工夫，还没有跑多远，就听见身后一声炸雷，咔嚓一声巨响，什么东西轰然倒下。他扭头一看，十多米高的大枫树顿时矮了半截，上半部分折断倒在了大塘里了，树的枝叶上烟火升腾。堂弟瘫坐在田埂上，双手拍打胸口，嘴里还念念有词：“老天保佑，幸亏跑得快！”后来他母亲还准备了祭品到那半截树干前焚香跪拜。村民传言那老树的空洞里恐怕藏着什么精怪，那青虫或许是我们祖上的灵异化身，指引着堂弟逃生的方向。现在那乌黑的下半截也朽腐了，焦炭般的树桩还刻画着雷电的巨威。

幸存的三棵枫树，有两棵也在塘埂上，另一棵在村东头。村里的这一棵与被砍倒的那两棵相距不到十米，为什么它能够幸存呢？因为经过木工的精细计算，桁条只要那两棵就足够了，更因为我奶奶的坚决阻止。奶奶说她从 16 岁嫁到姚坂庄子快一甲子了，结婚那天就是从树下走过的，几乎天天看见这大树，不少妇女在下边的麻石条上坐着歇歇脚，谈谈白，要是树被砍掉了，心里就空落落的。其实我知道，奶奶要就近捡枫树果子。在我儿时的记忆里，每年冬天，奶奶就颠着“解放脚”，牵着我的手，来到大枫树下捡枫树果子回来，每年都捡个几大腰篮子。在门口大塘里洗干净晒干，那时的塘水还是很清的。一大部分用童子尿（主要是我和堂弟早晨起床时屙的）泡了，里面还浸着鸡蛋，她说吃了这样浸泡一个月的笋鸡开窠蛋能治头昏。我吃过奶奶给的煮鸡蛋，不知道是不是用童子尿浸的。还有一些枫树果子被小姑拿去了，用来制作“香果子”。小姑只长我三岁，心灵手巧。她先把枫树果子的“绒毛”掏净，在均匀分布的球状空洞里一一填进自制的香料，再用剪好的各色碎布紧紧地压实，最后用一根红丝线穿好，挂在蚊帐的四角，或挂在我们小辈的颈子上，说是那香气能杀死细菌，预防脑膜炎。经查医书，枫树果有活血通络、祛风除湿、利水消肿、活血调经和降低血脂等作用。小姑后来嫁到了东至县大渡口，那里是一望无际的大平原，没有一棵枫树，不知道她那灵巧的手艺有没有丢失，心理上有没有几分怅惘。

张家塘塘埂上的大枫树，挺拔俊秀，在没有通自来水的时光里，村里大多数妇女都用木提桶装着脏衣服，带着肥皂或洗衣膏到塘边洗衣，大枫树下，叽叽喳喳的，家长里短，加上蛮槌声，热闹极了。清早的水面，掠起一层淡淡的水雾；清清的水塘随着衣物的摆动而泛起交错的波纹；太阳爬上了东边的山梁，水面波光粼粼……夏天田间劳作，不少农人都从附近的农田里来到枫树下席地而坐，男人们抽着劣质的卷烟，喝着酽酽的“炒青”，聊着新近的农事；妇女们蹲在石头铺上，把“大手巾”在清清的塘水里搓洗一把，揩把脸，再搓洗干净，递给自己的家人或乡邻们揩揩汗，听着男人们的闲言碎语，偶然也插几句无关痛痒的话。树荫，清风，闲聊，暂时去除了他们的疲劳。不一会，他们又走出大枫树的庇护，到自家的田地里刨食。

“前人栽树，后人乘凉。”不知道是谁当初栽种的枫树，只知道我们一代代地在枫树下纳凉享受。我记忆最深的还是南凹塘塘埂上的那棵枫树，不仅因为它树梢上有一个大鸟窠，更因为塘下面有我家的二斗水田。不可能年年风调雨顺，在大旱年份，必然要驮水车去车水，父亲先用铁锹在大枫树下的涵洞前做出水坝，安放好水车，调试好小头的吃水度，再铲平人站立的位置，我和父亲就在车大头一顺站好，匀速地转动车拐子，水就满幅子上升，由水路欢快地流进自家的水田里。特别是在烈日下车水，枫树罩着我们，那点清阴，让人终身难忘。父亲去巡水路，我就一屁股坐在裸露的树根上，仰望婆娑的树叶和盘旋栖息的水鸟，捡拾叶间漏下的阳光；或者低头看着大黑蚂蚁，它们成群结队地来来往往于大树根部的空洞里。有时也有几个青的果子掉落在水面，被车上来流到了田里，变成了有机质。塘埂下的水凼里有着粗细不一的枫树根，根须间常有小鱼、石蟹、虾子和螺蛳等，三三两两的小孩子结伴在里面摸索，有时候几处跑下来，运气好时鱼篓里的活物也能煮一碗，打打牙祭。

这几年国家重视农村基础建设，村村通公路已经延伸到了村庄的末梢，当家塘清淤也很顺利。秋冬季挖土机开进了放干了的塘里，挖走淤泥，清除了四周的杂草灌木，这样塘里的蓄水量更大了，水也更清了，却没有多少强壮的劳动力在家种田了，甚至出现了大片的抛荒田，再也不像我们小时候还争着挑塘泥去肥田。塘埂上的老枫树会不会顾影自怜呢？

每个塘边都插着一个警示牌：“水深危险，禁止游泳”，有的直接挂在枫树上。以前出现过溺水事故，为了防患于未然，就设立许多这样的警示牌来警告留守儿童，可现在的儿童大热天大多躲在家里的空调房里看电视，或者玩手机游戏，还有几个会像我们儿时那么快乐地下河洗冷水澡，在水里摸鱼捉蟹呢？

二三十年前，村庄好像是被投入了过量发酵粉的面团，突然间扩大增高了许多。村东头的老枫树被高楼缠绕，一些碍事的枝丫被砍断，留下了凹凸的疮疤，流下了黏稠的树脂，好像流淌下来的热泪。恹恹的老枫树下，再也没有孩子们在周围追逐嬉闹了，再也没有妇女们在下边小坐闲聊了，再也没有几头老黄牛在不远处吃草反刍了……就连树下光滑的麻石条也不知去向了。我每次回家仰望它，忧心忡忡。塘埂上的老枫树还是那么低调地伫立着，守卫着故土。每年清明、冬至我回家扫墓，都特意从它们的身边走过，情不自禁地拿出手机拍照留念，从抽芽到叶落。

是时候该敬畏一棵树了！对我而言，尤其会思念家乡的老枫树。我不会特别在意那遥远的黄山松，也不痴迷落英缤纷的樱花树，更不能占用昂贵的金丝楠木，它们都不能在我魂牵梦绕的故乡立足。老枫树孤零零地生活着，不像香山红叶那里游人如织，也不像南方的榕树一株成林，它们不讨巧，不张扬，不卑怯，不负义，它们属于乡村，承载乡愁，融入乡土，感恩乡民。

这三棵老枫树的年轮里刻录了怎样的生命故事，那流泪的疮疤里存放着哪些痛苦的陈年旧事，我苦苦地追寻着。不知道地方的古树普查有没有把它们一一登记在册。我想，不管你怎么对待它们，它们都始终有着自己的信念和目标。它们的信念就是一个方向——扎根泥土，昂扬向上，努力去接近蔚蓝的天空，哪怕遭到风吹雷击，虫蛀病腐，斧砍刀削，也永不放弃；它们的目标——立足乡村，护佑乡民，遮阳挡雨，哪怕粉身碎骨，也在所不辞！那脱贫致富路上的各级领导和众多乡民一如枫树！

寒来暑往，我们终归泥土。我短暂的岁月印迹不及老枫树年轮的若干分之一。我的余生要时时仰望老枫树，不忘来路，莫迷前途。因为它们也一直注视着我和我的乡亲们。不知道那些开着轿车衣锦还乡的打工者，沿着蜿蜒曲折的村村通道路老远就看见家乡的老枫树时，会不会也像我一样一扫在异地的思乡情，让久悬的心平静下来。

倘若得到允许，我愿意将自己的物质部分献给它们，而不需要精致的木匣子，也不需要昂贵的墓地，更不需要那花哨的文字，就让我日日夜夜陪伴它们，听听它们的四季絮语，看看家乡的美好明天。

愿斧锯为锈土，春色满人间！

金色的呼唤

吴志龙

在银塘路上国土局办公楼的背后，有一方狭长的水塘和一片低矮的山丘，依偎着塘后梢就是一片田畈，零星地穿插在山洼间，沟塘畔。不用多说，越冬作物农人常种的就是油菜。春风三月，山上林木渐翠新绿初生，冬寂复出的鸟儿不会清闲，衔来一片片金黄的云锦，吐出一团团的馨香——我的办公室靠北边，坐在桌子边就能望见这一片山水云天，来办公室的人都会说上一句，这窗外的风景，真是美呵。是的吗？该是他们在城里住惯了，看到农村里都觉得好吧，这可能就是常说的乡愁吧。

这个地方是有名字的，叫贾庄，朝南伸入黄圩的叫沙嘴头，朝东四里地就是麦园，是今年油菜花节的主会场。一大丛油菜花飞上一块巨大的广告牌，闹得满屏幕的金黄。

说真话，把油菜花当作花，我看可能就是一场误会。

庄稼人种油菜，要的是结籽，而菜花纯粹是个意外，哪个生活在农村的没见过菜花，哪个春天没有菜花？对生活在长江中下游的我们来说，油菜就是一种农作物，一种生活必需品，和水稻、小麦一样，是时令作物。

为证明这个，我特地从古诗入手，在古人吟诵花的诗词歌赋中查找油菜花，还真的不多，如桃花、杏花、梨花等，那些可以说是海量的，独独的油菜花少，少得可怜。

倒是当了皇帝的乾隆专门地写了首《菜花》："黄萼裳裳绿叶稠，千村欣卜榨新油。爱他生计资民用，不是闲花野草流。"乾隆帝也只是说了它的"民用"功能，就是油菜籽可榨油，他讲了句大实话，说油菜花不是闲花野草之流，在他眼里，油菜花也只配和闲花野草相比，远非牡丹、桃花、梅花之辈，只是比闲花野草要好一点点罢了。

这样一来，有皇帝为油菜花写了诗，也算是高规格了。

油菜花想想也就算了，既然做不了野花，那就做家花吧。可是油菜作物受节气、天气的影响极大，是望天收的，花闹闹的油菜花，一场无来由的冰雹、大风、急雨都能摧残它，一夜之间就可能残花败叶，落花流水，收成大受影响。

影响归影响，这种望天收的作物，却很顽强，每到春三月，自会黄花遍地。

说中国地大，大到什么程度呢，据说这油菜花的花期最能说明这点。记得有一年，《中国国家地理》杂志做了期油菜花的专辑，非常有意思的是，将油菜花比着候鸟，金黄色的，每年春天，油菜花自南向北，缓缓掠过中国辽阔的原野。每年 1 月到 8 月，油菜花旅行，路途遥远，从海南岛到内蒙古北部的呼伦贝尔，长途跋涉了 30 多个纬度；从东部的长江口到新疆的昭苏，横跨 40 多个经度；还有艰苦地攀登，从东南沿海平原，登上平均海拔 4000 多米的世界屋脊青藏高原。整个中国插满了油菜花热烈的旗帜。

说油菜花美，美到什么程度呢，在最佳旅游地推荐名单中，离我们最近的地方当为江西婺源和江苏兴化了。往年我就有同事驱车自驾前往这两地，说是看看油菜花，我曾打趣他们，农村里人谁看这个，谁家房前屋后不种上几分地，油菜花都是给城里人看的。后来我自个想想，都说这两地油菜花好看，定是有原因的，也是说它们有各自独特的看点。比如在江西婺源，江南独有的徽派民居粉墙黛瓦，古树山野，田园岗冲，晓风炊烟，起伏错落的地势，立体多层次的观感，确是好看。比如在江苏兴化，里下河地区的湖圩区内，千岛样式的垛田，河荡密布，阡陌交通，形如花海，虽是平面观感，却因水灵气活，蓝天白云下花深入眼，倒也与众不同。

有人说，油菜花能上升成美景，甚至能办成一个文化艺术节，在一定程度上，归功于一群摄影朋友帮了忙。每到油菜花开时，摄友们纷至沓来，直接的、间接的，将这铺天盖地的黄色从农村接到城市，一幅幅金黄色菜花夹着油绿麦苗的图景，映入人们的脑中，说是惊叹这些美景，一些美好的字词蹦出来，纯粹、纯洁、热烈、灿烂、希望……

我居住的小城也要办油菜花节了，是好事，却也是不易事。想办好，自然得有特色，不然的话，热热闹闹的一阵子后什么也留不了。而难的是，特色在哪？

自然得从枞阳独特的地形地势说开，域内山峦众多，虽高不过几百米，难言巍峨高大，却险峻奇特自有非凡之处。连绵十余公里的岱鳌山，九峰如笋，宛如巨鳌，其四周山间谷地遍及油菜花，恰胜龙游花海；素有“山浮水面水浮山”胜景的浮山，四时景异，而当三月菜花黄遍，环山脚而成丝带状的黄绸缎环绕着，浮山竟成了一座盆景，夕阳西下时，这漫山的金黄谁能分出是夕阳还是菜花；春江水暖，我曾待过三年光阴的江堤殷家沟，那片江外滩地，林立的意杨林还是光着枝条时，满地的油菜热闹地亮出金黄，金黄如带，江水如带；当然更有沿 G347 这条百里花廊，沿江沃野田畴，是优良的粮油基地，种植面积广大，说是花海一点都不为过，游人误入深处是会迷路的，记得有年三月陪领导踏勘土地整治项目，其时正值花市，眼前花海深深，领导被其感染，直说：这样的花景不比婺源的油菜花差呀，还花钱跑到外地看油菜花，花冤枉钱了。有意思的是，几年后，我们自己办起了油菜花节，这下就真的不用花钱也能欣赏到美丽的油菜花了。

如此一说来，枞阳除有丘陵之地，亦有圩湖之势，可以说概二景而成一统，是为特色，也是枞阳的油菜花集众优而自成势，如此，油菜花节有了更广、更大众的看头。不过，除此外，应有更深的打算，比如经济，比如文化。

经济和文化应是艺术节这架天平的两块托盘吧，犹如鸟儿的两翼，我想各类艺术节都绕不过这两块，所谓常说的“搭文化台，唱经济戏”吧。打个不很恰当的比方，把油菜花比作文化，那油菜籽就算是经济了。

经济的，自不必说了，乡村振兴战略中全域旅游是大有文章可做的。

站在油菜花节的主会场，我想起了文化。

主会场选在麦园，而这里是个有故事的地方。

麦园，钱澄之的故里。钱澄之，世称田间先生，一生专注于文学、史学、哲学、易学、地理学等研究，卓有建树。著有《藏山阁集》《田间易学》和《田间诗学》三本重要著作。他有一首著名的诗《送何别驾次公之皖》：“长江万里此咽喉，吴楚分疆第一州。峰色晴开天柱晓，涛声夜送海门秋。随班坐听趋衙鼓，出郭看收下网钩。君过枞阳劳借问，射蛟台畔北山楼。”有“桐城派”研究学者称钱澄之是桐城派源头的一个关键人物，如此，麦园不仅是地理坐标，也成了文化坐标，是桐城派这条文化长河中一脉的重要发源。

油菜花节主会场旁边，就是一处“荷叶田田”现代农业田园综合体，建有采摘体验中心、农耕文化博物馆，还建了“藏山阁”“易学亭”和“诗学亭”。这样的田园综合体回归了中国乡村的发展之路，城乡差距不仅是物质差距，更是文化差距，解决差距的主要办法是发展经济，而发展经济的主要路径是产业带动。我私底下认为，将油菜花节的主会场放在麦园，放在“荷叶田田”，不仅仅践行了“看得见山，望得见水，记得住乡愁”的生产生活方式，也是对近年来开展的田园综合体这种模式的再探索，再实践。

由此说开，枞阳举办油菜花节的意义少不了这层意思。

客观地讲，全国各地拥有油菜花的自然禀赋不尽相同，各地举办油菜花节的形式不尽相同，效果肯定也不尽相同。忽地想起杨万里的诗句“儿童急走追黄蝶”，我倒愿意将黄蝶比作油菜花，儿童就是各地的主政者，他们都在追逐着油菜花，从深秋时的播种，生长期的管理，直至花开时的礼赞，恰似“飞入菜花无处寻”。让我欣喜的是，枞阳的油菜根植于枞川大地深厚的文化土壤里，因枞川文化的厚重，油菜花由嫩绿黄而盛开为金黄，因枞川文化的呼唤，油菜花呈现出金色的觉醒而更为宝贵。

“从岱鳌山发脉”，这是枞阳的一句俗语，发脉的不仅仅是油菜花，也是经济，是文化，是枞阳人的精气神，好在有“到菜子湖收窠”，好在枞川大地有足够长的长江岸线，更有通江达海的胸襟。一天中午，我特地走到办公室背后的田野，满目菜花黄，蜂飞蝶舞间。我在猜想，蜂儿像是听见了油菜花开的声音，我仿佛也听到了这一声声的呼唤，这是枞阳崛起的声音，像是金色的号声，辽阔悠长。

提篮春光来看你

汤玉红

又是一年芳草绿，依然十里菜花黄！

每年的阳春三月，在小城，有这样一批爱摄影、爱生活的朋友，他们扛着长枪短炮，走进春天，走进油菜花田，拍下这美丽的春光，记录身边的美好！大家戏称为“扫黄”行动。在春天里，朋友们的QQ空间和朋友圈一片金黄，周末时间，大家不是在“扫黄”，就是行走在“扫黄”的路上。那些年，我也曾背着我的微单，和朋友们一起行行摄摄，说说笑笑，感受春天的美好，感受人间的真情……

孩子中考那年，可能压力大了，一反常态，叛逆得厉害，家里生活节奏一下子被全打乱，我也无心看风景，沉浸在自己的小忧伤和焦虑中。那年春天，朋友们不止一次地约我出去走走，我却一次次地拒绝了，全身心地关注着孩子。一个周末，孩子提出去附近破罡湖走走，我答应了。当我们的车子经过江边，我看到了一辆熟悉的车子停在路边，几位朋友正在江堤上看风景呢！我拿起手机拨通一位朋友电话，想告诉朋友们我在这里，但考虑孩子时间紧，他一会回家后要去学习英语，我又默默地挂了电话。只一会儿，这位朋友马上回拨电话，问我在哪？大家一起聚聚！我支支吾吾说在外有事，没有时间呢！朋友说这么美的春光里少了你，太遗憾了！那一刻，行走在破罡湖畔，阳光下，油菜花正在灿烂地开放，微风轻扬，空气中弥漫着浓郁的花香，我用手机拍下这片美丽的油菜花发给朋友们看，并在心中默默地祝福朋友们：我多想提篮春光来看你们，愿这美丽的春光陪着你们，你若安好，便是晴天！

孩子的成长需要一个过程，做家长的也得不断学习，不断成长！渐渐地，我不再去无端的焦虑和忧伤，我相信，每个人做好自己，这个家庭就和谐了！

豁然开朗后，我重新拿起我的微单，继续和朋友们一起行行摄摄。有时车子不在身边，我们就骑着电动车，到处游走。2016 年的那个春天，我和几位同事骑着电动车去江边看油菜花，当我们到达铁铜渡口前方那片柳林时，被那片绿色的柳林所吸引，我们停了下来，拿出相机手机开始胡乱拍摄。忽然，一辆车子从我们身边路过，里面传出招呼声，我们没留意。那车子开到前面停了下来，有人朝我们走过来，他一边走一边大声喊：“你们要拍油菜花去前面，前面江边有大片的油菜花，那里的花好看！”这位热心人，原来是摄协的汪主席，他正从那片油菜花田里拍摄归来，我们连声说谢谢！

路遇好人，心情大好，我们来到江边，一场视觉盛宴出现在我们面前。绿色的柳树林里是一片金灿灿的油菜花海，花海一直延伸到江边。江堤边，绿草丛中开满紫云英和各种不知名的花儿，像是铺上彩色的地毯。江水悠悠，向东流去。在这座天然氧吧里，彩蝶翻飞，鸟语轻吟，花香怡人！那一天，我们徜徉在花海中，笑靥如花！

岱冲湖边，每年春天，有大片的野生紫云英在灿烂地开放。一天，我们在岱冲湖边游走，目光被湖中心的一座小山坡吸引，山坡上是一大片金黄的油菜花，山脚下，盛开的紫云英给山坡绣上了一道红色的花边，山顶上一棵高高挺立的树，像是迎客松在欢迎着我们！我们出神地望着这片人间仙境，忽然看见一位辛勤的老农，正提着菜篮子从油菜花海中出来，归途虽被水淹没，老农却在涉水归来，啊，这阳春三月的菜篮子里，有多少辛劳、多少忙碌，多少温暖、多少爱意啊！提篮春光来看你，提篮美味给家人……这画面太美了！我立刻拿出相机，拍下这美丽的瞬间！

“走，我们一起到山坡上看看去!”同行中的一哥们提议道。“好!”大家一起响应，可去山坡上的那条路被水淹没了，怎么过去呢？“脱掉鞋子，赤脚过去!”这哥们说话间就脱下了鞋子，踏入水中，其他人正在跃跃欲试中，被正在山坡上干活的一位老奶奶看见了，她大声喊道：“小伢们，这水不能下啊，防止有血吸虫，你们看，我来回都穿长靴子的!”老奶奶一边说，一边高高抬起她穿的靴子给我们看，听着这奶奶亲热的招呼声，我们连忙停住了脚步！那天，虽然没能细赏山上的美景，但中年的我们，却感受到了陌生奶奶对我们孩子般的关爱，心情格外美好！

这几年，因工作变动，和小城里的朋友们聚少离多，大家一起出游的机会也少了，但重逢的人，总会重逢！

今年春天，格外阴冷，从年初三下雨，到月尾一直没停歇，大家惊呼，太阳也去流浪了吗？问世间晴（情）为何物？行走在这珍贵的人间，我的心中自有答案：你若安好，便是晴天！待到山花烂漫时，提篮春光去看你！

菜花朵朵幸福开

吴仕钦

久雨初晴，春风如手。田野里的油菜花一朵两朵幸福地开了。菜花如豆，朵朵相思。

记忆中的油菜花是特别神圣的。

早春二月，我们小伢子放学一到家，便拿起竹篮打猪草去了。我最喜欢在油菜花地里打猪草，因为油菜花地里的猪草又嫩又肥又好打，不一会儿，便打了大半篮。太阳暖暖的，菜花香香的。打够了，便闻闻花香，空气也是甜甜的，比教室里好玩多了。

“二丫，不准你在油菜地里打猪草!”突然，队长对我大声地呵斥。“打猪草有什么关系？又没有偷东西!”我顶嘴队长。队长是四大爷，平时对别人比较凶，却挺喜欢我的，所以我不大怕他。队长见我不走，便说道：“二丫，你还不走，碰坏了油菜花，分香油时我扣你们家的油!”四大爷说这话时语气虽没有刚才的强烈，但我却感到了一股不可抗拒的力量，乖乖地走了。

我清楚地记得队里分香油时的情景：“分新香油了!”四大爷一边

喊，一边拎着一桶香油，放在队屋门前。这时每家都带一只大碗去，四大爷用勺子一家家地舀，一勺子一勺子地慢慢沥干。我跟在母亲的后面，一面拼命地吸着弥漫着油香的空气，一面数着我家的勺子数，巴不得多分一勺子，因为用香油炒过的咸菜的汤是我喜欢的美味。

虽然我不清楚油菜花是怎样变成香油的，但那时在我心里这油菜花是神圣的，比金子还贵。以后我再也不敢到油菜花地里打猪草了。心里想，我长大后一定要多多地种这神圣的花。

后来，我家分了责任田，真的种了些油菜，但远没有我小时候想象的那样多。中秋过后，便将油菜籽撒在地里，盼望着她长出幼苗。

天气越来越冷，油菜苗越长越壮。将近立冬，田野里的晚稻割光了，一片荒凉，油菜苗独自用柔小的身躯染绿着大地，驱赶走单调。

冬至过后，浓霜似雪。早晨，我来到油菜地，看到油菜苗像被冻熟了似的，叶子出现透明色，趴在地里。我不由得怨恨这寒冷而无情的冰霜，我想帮油菜苗一把，但又不敢扶起她，生怕她立刻化掉。但事实上，我的担心是多余的，太阳一出来，弱弱的油菜苗便抖擞精神，伸展枝叶，又稳稳地站起来了。

数九寒冬，大雪覆盖了田野，往日绿油油的油菜地也变成了白色。滴水成冰，土地变得坚硬起来，我再次担心油菜苗会被冻死，不放心她，来到油菜地，扒开厚厚的积雪，却惊奇地发现油菜苗壮着呢！她的叶子在白雪的映衬下显得更加的鲜绿。“你想干什么?”不知什么时候，四大爷已经站在我的身后，他似乎明白我了的心思，用关爱的目光看着我。“怕她冻死了”，我不好意思地说。“二丫，她在积蓄力量，等待春风。”我愣住了，用异样的目光望着四大爷。四大爷捋了捋胡须，幸福地笑了。从他的笑声中我忽然明白了四大爷是位不简单的农民呢！再看看油菜苗，寒风中，她抖了抖身上的积雪，似乎在证实四大爷的判断。雪地里留下了爷儿俩一串串幸福的脚印。

春风和暖，油菜苗积蓄一冬的力量一下子爆发了出来，齐刷刷地往上长。如果你这时来到油菜地，抚摸着油菜苗膝盖高的薹儿，仿佛能听到她蹭蹭拔节的声音。她一天一个样，今天还在你的膝盖儿，明天就齐腰了，再过几天就会没过你的头顶了。

长大后，我当上了一名教师，没有种油菜了。我的生活也随着改革开放的深入发生了很大的变化。香油不再是奢侈品了，超市里的各种油料琳琅满目，但是吃的时间久长了，还是怀念家乡的香油。

有一天，四大爷来到学校看孙子，带给我一壶新香油。我说："四大爷，客气干啥呢?""自家种的，不值钱。"四大爷谦虚地说。"啊！自家种的，好东西！现在大家都注重养生，自家的香油很金贵呢!"

中午，我陪我四大爷吃饭，吃着吃着，四大爷忽然说："二丫，你还记得小时候我要扣你家香油的事吗？那时候真是太穷了，每一朵油菜花我都像金子一样爱护着。哎，我这个当队长的那时候也对不起大家啊!"

我怎么会不记得呢？那时因为总是吃不饱，绝大部分田地都用来种粮食去了，香油自然少了，怎么能怪四大爷呢？今天，人们物质生活有了根本的改善，但追求精神生活的人们却更加喜爱油菜花了。因为她在春天里带给人们的视觉盛宴令人震撼，因此，油菜花也越来越红火，许多地方都办起了油菜花节，算是对她最新的礼赞。

观赏油菜花是幸福的。

水乡的油菜花犹如玲珑的江南少女。水乡的土地被纵横交错的沟渠分割成一小块一小块，或长条形，或方块形。远远望去，这些小方块上的油菜花漂浮在水面上，犹如水乡的少女撑着一船船的美丽幸福地去赶集，如天仙一般的美。

圩地的油菜花是最热闹的，海一般的宽广，一眼望不到边。花间蝶舞蜂飞，热闹异常。任你是再矜持的人，看到这金色的海，也会心潮澎湃，引吭高歌。走进花海，不用你动手，油菜花会热情地伸向你的脸庞，让你亲个够。看到这无穷无尽的花朵，你会感慨良多：这是油菜的赤子之心对春风的诚挚回报！一朵经历了风霜雨雪的花有什么理由不在春天里幸福地绽放呢？假如你是一个骚人，一定会情不自禁地吟上两句：春风十里菜花地，短调长歌总自如。

但我还是最喜欢三公山脚下的油菜花，家乡的油菜花。她没有圩地的油菜花那样大气磅礴，她是小家碧玉，藏在深闺。山里地少，田地多是顺着山势，被开垦出狭长的弯弯的梯田，每一块梯田都是相似形，极具动感。这相似形里的油菜花像给一座座山脚镶上了一道道金边，又像一条条金色的纽带在舞动。虽然圩地油菜花金色无边，大气奔放，但色彩未免有点单调。相反，山里的色彩就丰富得多了：不仅有金黄的油菜花，还有深绿的松林，翠绿的竹园，枯黄的草地，明亮的小溪，粉红的桃花，霞一样的野樱花，淡淡的炊烟，它们互相映衬，如诗如画。如果你乘兴登上山顶，极目远眺，山腰山脚，道道梯田，黄绿相间，层层叠叠，真是立体的大花园，美不胜收。你会忽然感觉到：来到山里看油菜花，花开得很幸福，看花的人是比花儿更幸福啊。

人间四月芳菲尽，金黄的油菜花也变成了绿绿的圆圆的菜籽荚。她们俯下身子互相簇拥在一起，她们老了，就像老了的四大爷和四大奶一样，互相偎依，历经沧桑，别有一番满足的美。

春风轻拂，空气飘香。眼前的油菜花令我赞叹，令我钦佩。她激励着我克服一切艰难困苦，迎接春天；她用灿烂的笑脸迎接勤劳的蜜蜂，多情的蝴蝶；她是幸福的花儿，盛开在祖国锦绣的山河里，也盛开在我幸福的心中。

花开钱铺带书香

王传平

原本，油菜花和书没有半点儿关系。

但，“清风不识字，何故乱翻书”成了两者的纽带。在油菜花旁读书，清风徐来，吹着花，抚着书，吻着长发，花是香的，书是香的，人呼出的气息也是香的。

明熹宗天启五年（1625）三月，钱铺黄柏岭古商道两旁的油菜花，正开得轰轰烈烈，朝廷的拘捕令却下到了左光斗的家乡。父老乡亲准备抗令拒捕，左光斗严词拒绝了乡亲们的好意，看着菜花朵朵，慷慨高歌：“风云三尺剑，花鸟一床书。”然后，左先生竟决然而去！留下的是，漫山遍野的油菜花与泪流满面的父老乡亲。

我也曾在油菜花旁读过书，念英语，背古文。但没有一丁点成就，我常想：生在东乡，油菜花的日照时间早，是什么原因反而致使“文在西乡、武在东乡”呢。油菜花，她可不理睬我的想法，一年一年依旧开放，开满了枞川之阳，开满了西乡，也开在了东乡。

钱铺地理位置尴尬，归于东乡，却与西乡相邻，更尴尬的是钱铺的油菜花总比浮山的迟。G347 两旁已是花海，咱花儿才羞羞答答，一朵两朵，不急不慌地开，高一枝，低一朵的。

花不急，钱铺人也不急，周将军更不急。

当年，周瑜行军至现在的老将军街一带，见这里群山环抱，古木参天，菜花金黄，一垄盖过一垄，大喜，命令部队驻扎休整。是夜，将军手握兵书，时而品品三公山毛峰，时而闻闻窗外花香，就这样，困扰多日的战局在周将军脑海里豁然开朗。他放下兵书，想起娇妻小乔，将军嘴角上扬，暗下决心，来年，定带你看翠竹之海，听山茶之调，赏油菜花之色，这里有你喜欢的遍地金黄！这位风流倜傥的周将军，让钱铺的油菜花染上了儒雅的色彩，从此钱铺的油菜花绽放得更加从容而又执着。

循着花香，日本人也来到了钱铺，但到了神佛岭就不敢往前。鬼子贼心不死，派飞机查看情况，但山区地形复杂，何况油菜花形成的黄色海洋让哪儿看起来都是一样。在东山口，鬼子的飞机失事坠毁。没死的日本鬼子，被将军庙的村民用石头砸死在油菜地旁。这个故事，早已经被乡贤们写进了书中。从此，钱铺的油菜花，增添了反抗强暴的豪壮色彩，她让山河壮丽，她让虎狼胆寒！

1949 年的春天似乎来得早些，香炉尖下的油菜花正开得灿烂。有位乡贤，名叫王凤标，他每天早课，必来油菜田埂，一手抚摸油菜，一手握书，满口之乎者也。此时油菜花一动不动，在静静地听课呢！

他不知道的是，解放军渡江大军正从合肥方向急速赶来，他更不知道解放军的首长到达此地后就开始寻找他。经过一番打听，首长找到了老先生，与老先生就战略问题进行了一番长谈，从而更加坚定了此战必胜的信心，并对战役进行了更加细致的部署。渡江战役胜利后，首长还托朋友给老先生带了两条烟，英国产的。从那以后，油菜花除了听课，还和老先生一起享受外国香烟呢。

油菜花，笑看着钱铺的好儿女读书有智慧！

今年，枞阳首个油菜花节即将登场，满屏美景，黄花碧叶，美女们高举五颜六色的油纸伞穿行其间，健身爱好者们练瑜伽于山道旁，孩子们击鼓于草地间……那些场面给人带来的视觉冲击，的确非同一般。

有一天，我开车行进在钱铺的公路上，竟然看见一个少年正在路边的油菜花旁读书。刹那间，我的灵魂突然颤抖了起来，我不知道这个少年是谁，可是有一种不一样的情感在我的胸腔内激荡了开来。这种情感，让我回望频频，让我在家乡的开满油菜花的田野里久久思索。

我坚信，钱铺的油菜花是与书紧紧关联的，这里的花香已经浸透了从古到今的书香。如果您想看一看、嗅一嗅与众不同的油菜花，那就到钱铺来吧，带上你的长焦，油菜花旁苦读的少年郎正在等您！

浮山的花径 | 方德佺

“儿童急走追黄蝶，飞入菜花无处寻。”杨万里诗中的儿童想抢在黄蝶飞进成片的油菜花之前有效拦住它们，但最终还是眼睁睁地看着黄蝶遁身而去。自然，追蝶的儿童并不在乎那一片金灿灿的油菜花，可油菜花似乎要惩罚他们的忽视，而让他们最在乎的黄蝶进入到“安全港”中。那一刻，留给孩子的是一种莫名的失落：既追不上那心仪的黄蝶，又恨不上这成片的油菜花。

浮山油菜花灿烂的时节，是满眼的金灿灿。其间不时有黄蝶在花丛中翩翩，像许多人一样，我喜欢追寻其中，并随口吟出那动人的诗句。对于追黄蝶，我早已过了年纪，所追寻的只是家乡的油菜花本身，而且可以使用先进的追寻工具——智能手机拍照。

我最心仪的油菜花美图美景是“花径”。早些年读杜甫的诗句“花径不曾缘客扫，蓬门今始为君开”，就痴迷上了“花径”一词所营造的那种氛围，这与“黄四娘家花满蹊，千朵万朵压枝低”绝对不是同一种路。在我的想象中，一直神往与“蓬门”相连的落花铺径，那该是怎样的一种幽静之所，住着怎样一位幽静之人呢？从此，我一直暗暗寻找那种意念中的“花径”。后来，油菜花开的时节，我前往浮山野游，准备穿过两块油菜地之间的小路时，不经意间发现了一条迷“我”的花径——小路上铺满了落花，蜿蜒伸向前方。尽管有些落花已经泛白，但我只在那小路的一头徘徊，舍不得走过去。我时而蹲下，时而侧眼，时而退步远观，仿佛摄影师从不同角度把花径拍进了脑海里——那时，除了语言和记忆，我没有其他合宜的工具能够有效地把那花径记留下来。最后，我还是不忍把脚印留在那迷人的花径上，选择了绕道而行；我把幽静还给了那花径，也把自由留给了那花径。现在，能拍照的手机随身带着，春天里油菜花也越来越多，但是，想拍出曾经的那种花径却并不是容易的事。因为现在乡村水泥路也修到了家家户户门口，人们出门都喜欢坐车，许多种田人去田间地头都喜欢骑上电动车。这样一来，即使在成片的油菜花中有小路，但由于没有人行走，春天里各种杂草疯长，往往把小路都淹没了。当油菜花落上去的时候，竟然找不到那种花径的感觉了。然而，念念不忘，必有回响。近几年，每逢油菜花灿烂的时节，我在浮山周围转悠，还是拍到了几条花径。其中的一条，就包含着我自己的加工：我散步时无意中发现小路两边都种着油菜，而且这小路也弯曲有致，就设想怎么在春天油菜开花的时节让这里呈现花径的意象。于是，我散步都坚持去那小路上踩踏，不让杂草有机会来干扰那种“路感”。终于油菜花盛开了，雨过天晴时，我拍到了那种有深度感的花径。

浮山的油菜花之所以让人流连忘返，当然不仅仅是那令我着迷的花径，我用镜头还捕捉到了一些清新别致的画面，能够让我为之津津乐道的就是以“花境”命名的那幅画。其实，那也是浮山脚下的一个田沟的缺口对着一个小池塘，那缺口被水天长日久地冲刷，竟呈现出扁平的“V”字形；田里是被冻得蔫头耷脑的油菜苗，池塘里满是枯萎的杂草，全无画面感。等到田沟两边的油菜花枝像列队起舞的小姑娘的手，斜斜地搭过来，不即不离之中，迷离朦胧地掩在“V”形之上，隐约中留下的是一个菱形的空间；池塘里早已是春水泱泱，水下嫩草翠绿，映衬得碧空如洗。当我透过那菱形的空间看见一池春水，眼前宛若一面“花境”——油菜花组成了镜框，池塘的春水就是镜面。我想在那镜子里看看自己置身在花丛中的模样，怎么都找不到自己的影子，只看见满眼春色，恍惚间，谢灵运的诗句“池塘生春草”飘然而出，原来是一阵风吹过，几片油菜花飘落到水面轻轻荡漾着……这个花镜是我的理解，也是我的发现，或许在别人看来，不仅难以入画，而且可能看都懒得多看一眼。不过这没有关系，我的私爱不强求别人赏识，就留着自己慢慢受用好了：每当凝视这面花镜，我不仅能够看出“水浮山”的美感，还能看出“山浮水”的诗情，这还不够么？

如果在那油菜花的花海中，总是寻找那些“花径”和“花镜”，感觉是不是口味上有些偏呢？其实徜徉在花海中，我也非常关注那些来浮山看花的各色人等，尤其喜欢乡村里那些种植油菜花的老人。一天早晨，我在花丛中遇到了一位须发皆白的老大爷，他正在用木棒和绳索约束路边的油菜花，让小路得以伸向花丛深处。朝阳、朝露、金色的油菜花，让老人在低头抬头之间眼睛里都充满着光辉的感觉，满是洋洋喜气。我问他这样做是不是担心看花的人糟蹋了庄稼，老人笑呵呵地说：“现在来看花的人都是爱花的！你这么早来看花，肯定特别喜欢油菜花，我不把油菜花往两边拦一拦，你再往前走，露水这么重，衣服就会打湿的，那就坏了看花的好心情，所以我这么做主要是方便大家来看花的。”似乎突然之间，让我觉得眼前的老人是菜花丛中最亮的一朵了！在我的印象中，像老人这种年纪的人种了一辈子油菜，从来都不是为了看花，而是为了生计；尤其是那些饥荒年代，田地里种的都是粮食作物，油菜等油料作物只能种在边边角角里，春风催开的油菜花也是万绿丛中一点黄而已。老人又乐呵呵地说：“过去看油菜花好不好，眼睛盯着的是能不能打到多少菜籽，打下少许的菜油管一家人吃一年，现在就算把油当水喝都行啊!”我真的没有想到，曾经那么在乎吃油的乡村老人，现在居然也在乎油菜花本身了，他不仅喜欢看油菜花，也懂得看油菜花的人。这样的老人当然值得我用镜头记录那灿烂的笑颜！与这样的老人和油菜花在一起，我想套用古人的诗句来表达这种独特的感受：结庐在花境，喜欢蜂蝶喧；问君最爱啥？浮山油菜花。

我终于明白了，杨万里那诗中的“篱落疏疏一径深”，或许就是那位老人无意之中创造的浮山油菜花的诗意人生。

白云岩的油菜花

王　雄

我固执地认为白云岩是一座淳朴的山，就像这里敦厚的山民。徜徉在白云岩，你或许会邂逅神秘的白云青鸟，为你衔来吉祥，替你传情送意；仰望山顶，峰石争奇，穿梭林下，泉涧逗趣；每个清晨与黄昏，钟磬声萦绕青山，在绿水上荡漾，禅意无穷。但他如璞玉深藏在七家山中，自我神奇着，自我艳丽着，自我修行着。

或许是为了让白云岩不寂寞，质朴的山民用农作物当颜料，潜心描绘着这里的四季。夏天的黄瓜花、丝瓜花、南瓜花黄得厚实，瓠子花白得纯粹；秋天的棉花早早地在山脚下了一场雪，喝醉了的高粱，低着头，在风中叙说着农人与学子早起晚归的晨昏；冬天的油菜苗，给这片土地披上绿茵茵的衣裳；当云淡了，水绿了，风也改了脾气，变得柔和了，油菜花没来由地变得暴躁，将她珍藏了一冬的黄颜料桶踢翻，那地、那山、那天空顿时被这黄色主宰着。

油菜花是三月的统治者。刚开始，山下的地里只有那么三两朵，悄悄探出头来，左右张望着打探春的消息。人们看着红彤彤的太阳，犹豫着脱下了羽绒服，第二天醒来，白云岩下的农田、坡地竟也换上了一身贵气逼人的着装。从山顶俯瞰，蜿蜒的河道旁散落着错落有致的树木、村庄，黑色的堤岸弯曲着爬行，将一团团、一簇簇的金黄串在一起，像是上古先民用骨、角、贝串成的饰品，仔细地戴在树木、村庄的颈脖上。有的地方，平坦的农田与山麓的坡地依偎在一起，这金黄的脂粉恣意地填满了沟壑，漫上了山坡，直向满目的青山逼来。袭人的花香在山脚下的村落中飘荡，青春的气息滋润着白云岩沧桑的容颜；它悄悄躲进山涧边的教室，在书本上流连，欢笑声泼洒在田径场，牵着学生一起纵情奔跑。

如果只有单纯的黄，难免会乏味。桃花像炸开的焰火，星星点点地撒落在白云岩金黄的外套上。没有一片绿叶，黝黑遒劲的树干轻轻托着一枝枝浪漫的粉红，朵朵桃花羞红了脸，连春风都变得酥软。

这张张娇羞的脸，会不会漾起你心中怜爱的涟漪？你会情不自禁游进花海，游到桃树的面前，油菜花金黄的波浪顿时裹挟着你，推拽着你，似乎要将你淹没。一根根油菜杆，几片叶子远远地守护着顶端绽放的花朵，虬须般的枝杈缠绕着，像儿时母亲缝缝补补的针脚，密密麻麻地连接在一起。从下到上，一排排的花洋溢着兄友弟恭的温情：细小嫩嫩的菜荚，才由花的子房长成，它仰着头，指导着头顶上的油菜花开放；顶端的花蕾，被一层层的花簇拥着，低着头在认真地学习如何绽放；每朵怒放的油菜花，像两对蝴蝶张开翅膀，比翼双飞的四片花瓣专注地盛开，将黄澄澄的胸怀真诚地坦露，像是学子沉浸在书的世界里。

蜜蜂是花间的舞者，看到她们，琥珀色清透的蜂蜜顿时在眼前闪现，甜润的滋味在舌间缠绵，还散发着淡淡的油菜花的清香味。

油菜花的清香，藏着少年的秘密。在那个十四五岁懵懂的年纪，在那个油菜花开的季节，那个白净的脸庞上镶嵌着一对水汪汪的大眼睛，像含羞草一样的姑娘，是我少年隐秘的心思。她如春风中鸟啭般的声音轻叩我青春的门扉，像油菜花酿的蜜，甜丝丝的感觉就充溢全身；她的一颦一笑缠绕着少年的我，像油菜花的清芬，占据着少年心田的每个角落。每天放学，我总是远远地躲在她的身后，走过弯曲又狭窄的田间小路。看油菜的枝枝叶叶牵过她的手，倾听她洒在油菜花瓣上的轻微喘息。油菜花开了又谢，谢了再开，日子像山泉一样淙淙流淌，今天又到了油菜开花的季节，不见你来，我也已经不再少年。你点缀了我青葱岁月梦的空间，而今又在何方，你还好吗？

下雨了，蒙蒙细雨落在油菜花海，唰唰啦啦是这花海轻轻地絮说。油菜花收拢了花瓣，三五脉花枝聚集在一起，虽然有些零乱，都噙着透明的水珠，紧紧贴在花梗上，不见一朵花逃离。早春时节，一阵风就能倾覆的柔弱花杆，因为孕育出这黄色的精灵，虽在雨中承受着更大的重量，但腰杆反而挺得更直了。曾经腰杆坚挺而今佝偻着腰的人，不就是眼前在雨中察看油菜花长势的老农吗？

农人的视线里，没有金灿灿的图画，他们日里夜里念叨的是油菜的栽培、成长与收成。油菜花不误花期，开得旺盛，就会有好收成。菜籽收割了，还要脱壳，翻晒，拣一年中最热的八九月拉到油坊去榨油。盛夏的太阳火辣辣，要把整个大地点燃。榨油作坊的灶间也燃起一把熊熊大火，黑色透亮的油菜籽随着大铲的翻动，沙沙地嘻笑着推推搡搡，紧跟着在大铁锅中跳转腾挪。热浪燎得炒籽师傅黑黢黢的脸泛出红光，像一瓶浓稠的酱油。一粒粒汗珠从额头渗出，滚动着汇合成一道道小溪，犁过脸颊，“啪、啪”摔落在锅沿，一眨眼的工夫就消失得无影无踪。炒好的油菜籽被吸入榨油机中，不一会，菜籽油闪着农人古铜色脊梁般的光，源源流入下方的油缸，然后是过滤，沉淀，冷却。黄澄澄、稠糊糊的菜籽油终于可以安静地躺在主人的油桶里，向他们主人憨厚地笑一笑。他们的主人用衣襟擦把脸上的汗，长吁一口气：“丰收了，娃过完年离家，可以多带走三两勺菜籽油了!”对于迁徙到他乡的游子，菜籽油就是妈妈的味道，令心灵安宁的味道；菜籽油就是爸爸的禀性，醇厚质朴的禀性！

千百年来，一代代农民在这方土地上生长，繁衍，而今天，他们或许是这片油菜花最后的守护者。他们的目光穿过密匝匝油菜的森林，沿着弯曲的水泥路奔跑，走进人声鼎沸的集镇，走进车水马龙的都市，那里是他们子女新的家，新的家乡。沉默的白云岩被薄雾轻轻搂在怀里，眼前的老农却被笼上一层金灿灿的霞光。

我曾惊叹于婺源油菜花的壮观，也曾徜徉于黟县油菜花的温婉，但那些都不如白云岩的油菜花让人感到亲切。这一帘花影，这阵阵花香，是儿时灯下读书的身影，是少年时懵懵懂懂的小心思，是父母对子女毫无保留的爱，是长大后浓得化不开的乡愁。

大美枞阳，荡漾着油菜花的诗意与歌声

路志宽

（一）

如果说，目光里的枞阳大地，是一幅美丽的画，那么这油菜花啊，就是这幅画中最艳丽的一笔。

其实，你比画更美，你比画更真实。一旦与你相遇，我能清楚地感受到你的美丽，我能清楚地嗅到你的芬芳。一朵朵油菜花啊，在枞阳大地上，正绽放着自己的婀娜与芳容，那气韵随着一阵清风，轻易就能抵达一个人的内心，芳香着一个个爱美的心境。

那么多颗心慕名而来，那么多颗心不可自拔地陷入，被油菜花铺展的枞阳大地，此时就是开坛的陈酿，让一颗颗陷入其中的心啊，沉醉不醒，不能自拔。

行走在你的画境里，我模糊了现实与梦境之间的界限。天堂有多美，我不知道，但油菜花盛开的枞阳大地啊，你就是我心目中的天堂。

一阵香风吹来，掀开你超凡脱俗的美，我就是这样的一个凡夫俗子，此生就做你最最忠实的“粉丝”，怎么爱啊，也爱不够……

（二）

目光里的油菜花啊，就是一种种色彩的集合体。有人说，色彩会说话，不同的色彩，代表着不同的心情，表达着不同的语言。对此，我是一无所知，但是我知道，这绽放的油菜花啊，遇见你的色彩，我心中的感受就是两个字：幸福！

在岁月的静谧处，绽放自己的容颜，一朵朵的油菜花，在枞阳大地上，涂抹出姹紫嫣红的色彩。为这一方土地，打开绿色的大门，汇聚清脆的鸟鸣，绘就绝版的美丽。这是油菜花与枞阳的缘分，也是他们在尘世间上演的一场大爱。

蝴蝶纷飞，蜜蜂忙碌，花香四溢，此刻是一个多么真实的动词，我分明看见这花香溢出来的样子。

目光里的生态美，不仅需要绿水青山，也还要有鲜花朵朵啊！漫步在这油菜花丛中，似乎所有的形容词，一下子都显得那么的苍白无力，唯有你的容颜与芬芳，才能真正地将一颗颗世人的俗心，送往天堂！

（三）

枞阳的大美，在一朵朵油菜花上绽放。

即使将词典里所有的形容词都搬来形容你的美丽，都还不够！真的，这些平面的词语，怎么能够真实地表达出你立体的美呢？

被泥土恩养的油菜花，迎着人们的笑脸，就这样轰轰烈烈地绽放了，于是原本单调的枞阳大地上，一下子就多了一些艳丽的色彩。此刻，多彩与缤纷，不仅仅只是一幅画，更是一种对心情的准确表达。

此刻，蜂飞蝶舞，花团锦簇，目光里的油菜花啊，是平平仄仄的诗词，也是浓墨重彩的画，更是一个个游人美好的心情与最大的欢乐。你看那些矜持不住的人们，在你的花丛中照相时的样子，多像是另一种花啊！我知道，此刻一定有心花在他们的心中绽放。

其实，面对你自然的美，任何的化妆品，都无可比拟，被清风明月养大的油菜花，绽放的是一截花前月下的时光，而这种美丽之源，藏在心中。

美，在一朵朵的油菜花上绽放，这是一个时代的伟大变迁，更是一个地域的华丽蝶变，眼前的油菜花啊，只不过是用自己的优雅与芳香，为这个盛世的繁华捧场而已！

（四）

一朵油菜花，就是一张枞阳人幸福的笑脸，那么一万朵油菜花呢，就是幸福的海洋啊！

当春风轻轻一吹，这枞阳的大地上，就盛开了无数的油菜花，数不尽，赏不完，一眼望不到边。此刻，这油菜花就是一位位面容娇好的迎宾女子，站在这春风里，站在这枞阳大地上，欢迎着五湖四海的朋友，前来观光，前来赏花。此刻，这油菜花啊，就是一张张响当当的名片，为枞阳，打出最闪亮的金字招牌。

一个地域，被一种花包围着。

在众多的慕名而来者中，我是最普通的一个，但是啊，枞阳！你的美丽，却不普通，一次的相遇，就是一生的回忆啊！我的枞阳！我的油菜花！

行走在这枞阳大地上，你会发现自己在不知不觉中已模糊了现实与画境之间的界限，这眼前的油菜花啊，让你分不清你是在画中游，还是画在你的眼前铺展。

油菜花盛开的枞阳啊，每个人心中都有一轮太阳。

心中装着太阳的人，内心是温暖的，是光明的，是充满热情的，当然也会是充满梦想、充满希望的，就如同这眼前的油菜花一样，没遇到春天之前，它们学会收敛锋芒，学会养精蓄锐，而一旦遇到生命的春天，它们就会热热烈烈地绽放出属于自己的精彩。有时，一朵花的品质，就是一个地域的品质。

一朵朵的油菜花盛开着，那么多走过这里人的心中，都带走了一朵。真的，我们在尘世间忙碌，在尘世间打拼，我们的一生走过、路过、经过那么多的事情，能真正走进你心中的也许并不多，在枞阳，这油菜花啊，算是其中一个！

感谢这些花儿，荡漾着枞阳人心中的幸福，在美丽中国美丽枞阳的建设中，这油菜花啊，就是一座城市最美的缩影。行走在枞阳大地上，我找到了每个枞阳人都面带笑容的原因，能被这油菜花的花香日夜芬芳着自己的心扉，又怎么能不乐呢？

清风徐徐，油菜花芬芳，在枞阳大地上，幸福的枞阳人，正生活在这油菜花绽放成的美景里。在枞阳，普普通通老百姓都是一个个的仙人啊！

飞舞在你的花丛中，我多想变成一只蜂蝶，翩翩起舞，或者采撷蜂蜜，于是这舞蹈跳跃的是幸福的节奏，这蜂蜜也是那幸福的味道。在你的花香画境里栖居，我又怎能掩饰得住自己心中的喜悦呢？

感恩这一片片肥沃的土壤，感恩这一滴滴洁净的流水，感恩这一缕缕温暖的阳光，感恩这一朵朵充满梦想的花蕾，感恩这一缕缕带着香味儿的空气，感恩这诗画的枞阳，带给我们的最幸福的充满诗情画意的一截时光……

在枞阳，油菜花不说话，只是一个劲儿地绚烂地绽放着，而在它的绚烂里，这满目的油菜花啊，就这样芬芳着一座城的幸福……

（五）

在一片油菜花花海里行走。

此时，我觉得自己是一只翩翩起舞的蝴蝶，也许更像是一只不停忙碌着采蜜的蜜蜂。这一朵朵、一簇簇、一片片一眼望不到边的油菜花啊，就是我心中的幸福之源。

我是个俗人，还是禁不住被这眼前的激动给震撼，满目的色彩，满鼻的芬芳，满心的惊喜。我信步其中，如同一个人置身于那世外桃源一样，眼前的美，和自己心中的静，融合在一起，这不就是一个人的世外桃源吗？

在这里，似乎每一朵花都有着属于自己的故事，而每一个故事，都能让人感动不已，花的烂漫，往往让人轻易就忘记了尘世的烦忧，忘却了那一个个的欲望，放下心中沉甸甸的包袱，一个人便觉得轻松了许多。

一望无际的美，一望无际的惊艳，一望无际的色彩，就这样在枞阳大地上一望无际地铺展着。我在其中行走，如同在一幅画中行走，就这样走着走着，我觉得自己成为了这幅画中游动的一个点；就这样走着走着，我发现自己的一颗心，早已陷入其中，不能自拔。油菜花花海啊，一望无垠，我的一颗心啊，再也走不出去。

人间不是天堂，但这超凡脱俗的油菜花啊，却把这枞阳的人间装扮成了天堂，让人痴迷留恋，让人沉醉不醒……

（六）

我的心是你花丛中飞舞的一只蝶。

痴迷，留恋。

我的心，此时是你花丛中飞舞的一只蝶，似乎只有这样的美景，才能让我流连忘返，才能让我沉醉其中。一朵油菜花开着，一只蝶的心里，就永远没有寒冷与黑暗。

一些鸟儿啼叫着飞来又飞去，唯有我一只蝶，即使怎样飞，也飞不出你的美丽，飞不出你的芬芳，飞不出你的魅力。

阳光一缕缕地洒下来，一朵朵金黄色的油菜花上，披满阳光的外衣，多么明媚！多么温暖！是啊，走过岁月的风风雨雨，有时一缕阳光、一朵花香，就是天堂啊！

枞阳啊，油菜花啊，请原谅我的轻薄，我不是故意地和你亲近，只是沉醉于你的大美；我的一颗心啊，就这样无法自拔，就这样坠入其中，作为一只蝶的形象，和你日夜相伴，和你不离不分。

清风拂面，花香阵阵，枞阳大地上的油菜花啊！你是铺展开来的一幅画，我就是画中的那只蝴蝶，是不是我的翩翩起舞，为你的美丽，又增添了几分灵动呢？

第二辑 诗　歌

油菜花，枞阳的铺陈与转述（组诗）

镜　子

油菜花 · 在凤仪

我喊上一声春天
所有的花重新走上枝头
我喊上一声春天
油菜花们就异口同声地开了

油菜花里长大的情人
用发青的柳树枝
编一顶帽子，戴在油菜花的头上
让土生土长的爱情
一下子就被辨认出

油菜花里长大的情人

穿黄色的确凉的情人
被蜜蜂不断误认的情人
用手指头上的蛰
换取整个杏花村的情人
你比油菜花大不了几岁
为什么伤口如此动人

是不是，我怕凤凰洲的油菜花
开进了杏花村
是不是，我怕呼朋引伴的油菜花
喊走我待字闺中的女儿
她们不分白天黑夜地
披素披黄
一不留神，会把我当年在故乡
羞于出口的情话
一下子全部
说了出来

油菜花·在相国大桥

如果一个人的眼睛有足够多的光芒
那么，这棵油菜花
会在他的注视下
提前开放的

青山姓何
以青山为界
把枞阳的油菜花一分为二

西边由文派三祖接管
南边由何氏相国加持

那么，南边的油菜花注意了
请从青山书庐出来的时候
不要照本宣科
请一定要沿着国道 G347 一路开下去
把你们的本色开出来
黄灿灿的，开成紫禁城里的颜色
这么好的春天
这么好的新时代
我把整个枞阳交给你
都行

油菜花 · 在菜子湖

一滴水在另一滴水里活着
一只早春的水鸟贴着湖面给另一只水鸟
示范爱情的惊险部分
一个村庄与另一个村庄形影不离
它们都曾经有过一段美好的回忆

一只多年不见的东方白鹳，替我清澈
修订故乡。并
参与了对今年春天的分配
这珍稀的鸟儿，它在人间的每一次扇动
都是对月亮的一次折痕。最起码，在枞阳
我能保证一粒汉字的出身与生平

一株油菜花与另一株油菜花执子之手
生死契阔
释放出修炼多年的金黄
作为祖国第二条运河的菜子湖
在抵达中，将空出一万亩湖面
安放她们的倒影
让水下的小鲳条、胖头鱼
与庄稼握手言和
让未满月的蝌蚪
与庄稼互换节气
让它们从此
有一个金黄缤纷的人生

油菜花·在浮山

山中无甲子。这把刀
女儿已经磨了整整十二年
刀刃朝外，粗磨刀石毛边
细磨刀石研磨
一盆清水换了又换
像一朵聪明的花
在与春天反反复复的对决中
学会从善如流

这么多年，我已不忍心
倾听一个花季少女因为磨刀
所带来的巨大寂静

我知道，万物都是沉默的
即使，她用自己的身体
含住了刀锋
我知道，尤其今年
是山下的油菜花
真的，动了一个人的凡心

每一句方言都有故乡（组诗）| 刘东宏

我在大山等你

新生之芭茅纷纷钻出三月
暗自探向人间。有人如约而至
在涧边修篱，沿水
播下稻种，菜蔬，纯粹的桃树

挡住油菜花黄色的故事
允许蝴蝶飞临溪流，轻叩
隔世的呢喃，竹林秘语
松荫里影子晃动，有人

在练习娇嗔，桃红，练习
小情绪。松针覆盖了去岁的脚印

背后针砭了错误，怨言。一起
向流水问路

交出倦容
悔肠，交出昨天的诺言
与春风对峙，追问来龙去脉
追问无我的时光
彼此咬开肩头的桃花，咬出血

狠下心咬出伤口，记住刻骨之痛
从此隐入茅舍，鸟鸣，岁月
傍山临水，记下老人之言
固守道德的底线，再也不三心二意

浮山有雨

语言是潮湿的　天空也是
更多的雨水　进入石头
和内心　挡住　忙碌　是非　人间烟火
恍惚的草木　时光倏忽

密密的影子　忍住
脱口而出的禅机　细流奔涌
宛若醒世之言
从伤口出发　从前朝来

并非无端　沿小路　放下
恩怨与因果

放下手机　紧握的名利
记住沿途暗号

在一线天　迎来送往
更多的大风　吹开石壁秘籍　呈现
红尘真谛　观棋不语　棋盘上
轮换江山　富贵　人情冷暖

到达就是归来　山中一日
看爱恨千年　一切
尽在掌握之中　清风微笑
明月慈祥

柴扉有雨　诗书无病
浮世之山　浮于
三千弱水　心灵深处
所有的声音　都已无须说出

陈瑶湖写意

低坡　山地平缓　适合致远
可以阅更低的平原　看野鸭
飞过头顶　轻轻滑入苍茫

预感如陈瑶湖
八万亩烟波　极尽缠绵
山水相接　类似我们的内心

真实的烟雨如江南
橘子红透了　如你们的诗歌
村庄隐入树荫

风吹了多少年　无人能回答
而炊烟仍未风化　人间依旧是花园
云朵贴向水面　贴向桃红柳绿的民谣

俚语低至傍晚
灯花怀揣温暖　通往湖面
每一句方言都有故乡

每一个故乡都是乡愁
我在赶来的路上
因为酒　击筑　故人　大道朝天

雨中石屋寺

一杯野茶　一壶山泉
离红尘已经很远　在厢房
我被大师知客　像几百年未回的故人

月门含风　从天井来去
小池小荷　已生长最初的模样
都是心中的初衷和事物

佛祖在大殿　仍然禅定
笑看众生奔跑　云卷云舒

一切都在掌握之中

大雨倾盆　石鼓开花
穿越明清的声音　谁陷入巨大的宁静？
我是石屋走出的弟子

我只是我　我还是我
那只相约的青蛙　早已
跃至山坡　为坚守而石化

石屋依是旧日样子
读书处　空无一人
琅琅的书声　抑扬顿挫的调子

成为天籁　屋顶之上　我大叫：
何如宠　我回来了！
那棵老树就抽出了新芽

汤沟花事

一个养眼的时光　漫出
眼睛抵达的远方　春天被燃烧
虚妄的火光　烂漫的花朵
经过心灵和眼睛

隐没的鲜花　一次次扬鞭而来
没有人可以拒绝　花事汹涌
一些人　更多的后来者　万水千山

接踵而至　正在进入　到此一游

越来越远的情怀　又越来越近
鲜花之上　葬花的人　已年年岁岁
我看到更多的泥土　和不断到达泥土的落红

一片　一片　一片片
往事与我已走出　成为
一个观望者　站在自己的山岗上
保持沉默

七家岭

有闲，可去山上走一走
四围草木温和，蕴积了旧人与朝代
若登上山顶，你会把会宫
装进内心，有人一直在巷子里
开门关门，偶而倚窗，托腮
脸上半开着人间的桃花
时间和阳光都皮厚起来，绕向她

初一，十五，更要到庙中
菩萨们临于晨钟暮鼓间
在农历时分布恩，有求必应
只要在心里说出就行
你所等之人必在龛前焚香膜拜
她若回头，使劲瞪你一眼
你就有福了，她走过的地方会长出一棵棵灵芝

乌金渡

渡船划着，划着，就没了
过渡人去了很远的远方
据说老牛已潜入山中
它留下的乌金散向两岸
也化作水面上的金光和浪花
据说大雁的飞姿妖娆
婀娜如嫁入城里的灵芝
一年一次回到竹湖边的娘家
据说湖水白又亮
能照见水底的王朝与民谣
沿水而行，常能听见有人喊你
都是吴侬软语，比风声小
比手机音频大

在桂家坝看江水东去

江鸥一直看见吴钩闪烁的宝光
每一朵浪花上都有一个英雄
手握中国规则，细辨清浊是非
承担了骨气与苦难
鱼群在历史间进出，溯洄之中
交出护国术，藏宝图，心上话
涛声将它们送向两岸和远方
随手拨开水雾之人也拨开苍茫
阳光，月色，离开的人终将相聚
水天合一，朝代和征帆安于互视

落花与流水在此牵手了，相见如初
互为不可缺的晨昏与远方
适合扬眉，吐气，读诗
适合饮茶观风，垂钓听雨
在风浪上交心，练习时间慢
把往事和心愿都付与水云间，也交出自己

大美枞阳（组诗）| 叶有忠

念奴娇·大美枞阳

湖山已约，趁春风踏遍，枞川芳草。
白荡琼波黏雪舞，汉武阁欹松老。
荻埠千帆，铁铜阵雁，村落群峰抱。
长桥横跨，往来车辇多少。

我自捉笔高吟，与君酣唱，揽月江流照。
砚有豪情驮碧海，骨沁稼轩才调。
眼外关河，梦中家国，都让心魂绕。
慨然腾步，不妨前路谈啸。

沁园春·贺枞阳县油菜花

淑气催春，万亩琼田，走进灿黄。
引群蜂曼舞，噙芳啜蕊，闲莺宛啭，展翅分香。
碧水丹山，层楼叠榭，相映成图作画坊。
流连处，有耕人笑语，日子悠长。

瑶花媚我枞阳。把梦逐、全民绘锦章。
看路宽阡陌，车抛旧辙，桥高雪浪，楫启新航。
一派文风，千秋气节，盛世宏篇迈汉唐。
君来赏，恰村畦韭熟，捉月飞觞。

霜花腴·重阳登旗山

韵拈秀萼，泛野香，今朝采撷花冠。
飞阁云高，惜阴亭远，嵚岑独步何难？
解襟意宽，抱大江、常在峰前。
自登临、一掬清芬，晓风潇飒不胜寒。

搔首怎堪霜鬓，对无边草木，尽掩凄蝉。
佳节重阳，芳樽斜月，韶光沁入蛮笺。
莫欹钓船，又满城、红影琁娟。
待移来、烛艳鹅黄，与卿帘下看。

注：吾邑有幕旗山公园，上有汉武阁、惜阴亭，野菊丛开，清芬四溢，长江一带而过，最适登高眺远。

七律·咏油菜花

日暖春回爱浅黄，熏风又拂菜花香。
田间乳燕呢烟蕊，陌上佳人揽雾裳。

小摘柔荑清翠滴，低飞玉剪粉金妆。
诗情未必歌桃杏，寸荚平分一半狂。

七绝·咏油菜籽

才萌豆蔻忽成阴，四月花田不忍寻。
结籽休争梅菊艳，随犁只要土生金。

五律·春寻花海

野外逢佳景，平冈薄雾熏。
停车依竹径，注目眺霓云。
一遍花尤烈，三春艳欲焚。
田头聆老叟，对笑拟清芬。

五绝　春雨贵如油

短垄连高垄，桃花杂菜花。
谁堪春雨贵，俗谚问农家。

谒白云寺

我欲行山揽白云，白云何处鸟喧纷。
泥中路仄风吟树，竹外春宽雪吻裙。
老寺当年曾护国，苍岩此地又逢君。
无签可卜些须念，一掬清茶已半醺。

注：枞阳县㺱（ǒu）山有白云寺，据传当年朱元璋为躲避陈友谅追兵，藏入寺内，蛛丝结网，遂逃逸，赐护国庵之名。

油菜花，枞阳鲜嫩欲滴的美和道路（组诗）｜林　丽

油菜花颂的婉约

枞阳乡愁的出处
我依然活在一首诗的韵脚里
喧嚣汹涌。油菜花节
往事的轻烟，我用它歌唱
往返之路，混沌挤兑的修辞
在一片迷离的花海里
繁衍生息着皖南文明
暗香浮动，浪漫的云霓

无垠的长江水，把横埠河
杨市河，钱桥河，罗昌河，枞阳河
锦上添花旁逸斜出，辽阔奔跑
枞阳振翅路。微微的感动

北纬 31°玄机的隐喻
百里花廊，油菜花颂的婉约
把千年古邑，绿色园林的雕琢
根植水陆通津，发展全域旅游
实施乡村振兴大美格局的腹域
飞翔的恋情治愈人间的虚妄
一线四片的崛起，沿江，岱冲湖
浮山，三公山沿着仙人的足履腾挪

汤沟，明星，戚矶，彭庄……
白云青鸟，方苞植荷
超越桃源仙境的传奇
一匹白马的王，剑抵刀锋
汉武射蛟，东乡武术
犀利的岁月，是否可以拥有
永恒不变的人生，或暖意？

油菜花节，枞阳鲜嫩欲滴的美和道路

明晃晃的春天来临
宗子国砥砺的铿锵，凝视
大江的走势。人文枞阳
轮廓渐明，古铜的山水
心无旁骛地复苏
璀璨的影子投放在微澜的水面

枞阳 30 万亩油菜花海
安稳如同沉睡。乡村振兴
惊蛰的唤醒，欲望延续

生态立县，恍惚一角风铃
呢喃倾诉的触碰，亘古如斯
曲高和寡。传统农业的传承
是接近人间的民心所向
心澜迭起。我听见未雨绸缪
思忖改革内心的独白

建功立业未竟的言说，缄默
酝酿商机。油菜花节隐约的流行色
安居底蕴，标新立异的力挽狂澜
一切美的偏旁，在转换
浪遏之势，散发着氤氲的脉息
一线四片，卧薪尝胆的大智若愚
叩首穹庐。持续地加深物华天宝
铜都乡愁的温度和重量
让时间的花枝，拔节抽展
春天主题的葳蕤
枞阳鲜嫩欲滴的美和道路
久别重逢的幸福，渴慕新雨
大别山青涩的记忆。角逐的
旌麾，在长江口岸如临大敌的
秩序里，有条不紊地突围
浮山邂逅闪电，从容地迷失

十里桃花，指向含苞世界的
仰望与敬畏。循序渐进
油菜花节此起彼伏的流莺

古鄣郡岁月如织的美
一带一路匍匐的虔诚
美好生活，琴瑟和鸣
瞻望铜都明珠自由奔放
枞阳新城的呵护，信手拈来
群芳斗艳，缠绵于江湖落日

包容苍茫。绿色枞阳的肉身
在枞川乡愁涌动里，渐次打开
梦幻的河流。隐身的炙热
如鱼得水。油菜花就是浓荫深处
闪烁的灯盏。百里花廊
解脱尘事的洄游，写意脱贫攻坚
小康路。是你把熠熠生辉的日子
嵌入迷惘的心扉。沿江，岱冲湖
万匹春风山盟海誓的风月剑
乡村振兴的背后
典雅幽光有如长江水色
漫上斑斓枞阳风情园的旖旎佳话

油菜花节诗会体内的温暖
把一个品牌安放，把枞阳山水锦绣
全域旅游博采众长的神性传达
以传承弘扬，再爱一些
花为媒，静穆的诗意
打磨久别重逢的幸福，渴慕新雨
返回油菜花颂最初的感动

在枞阳，每一朵油菜花都是诗歌的眼睛｜苏美晴

我呵护这纷呈的小姐妹，以花海袅娜了枞阳，山河田间，一幅诗画的图册。

以桃花婷立，恍惚着举着前导牌：去枞阳，去看油菜花海。

——题记

（一）

在枞阳，我驰骋的诗意紧跟油菜花羞涩的脸庞
田园被修饰，河岸湖堤，罗曼了诗歌的风流
是私语，是引导，是一起腾飞的感受
在油菜花海，碎碎念念里，赐予枞阳浪漫的想象

我以独品的感觉，在枞阳的油菜花海里造句
卷帙与浩繁，成为对饮的字词
一粒油菜花聚集光芒的暖意

一片油菜花海，重新把枞阳调色

时间如此曼妙，春光无限妖娆
只有枞阳的山河湖泊与田园
才能唱合出人间，这寂静里的传播
成为诗意被油菜花海破浪而出，荡漾成古典
并以清纯的模样，蘸饱诗画的笔墨

（二）

我整理好被惊慕夺走的心绪
让字里行间埋下一粒油菜花破韵而出的灿烂
被春天写成了绝句
我在枞阳，裹着油菜花的波澜
就有了一种旧地重生的感觉
立于纸上的诗歌，写下一句
就有一行油菜花覆盖过来
让我的每一句诗，都被枞阳的油菜花海所替代

我有理由相信，牧歌的田园
油菜花私藏了春天的印章
山河避让，心甘情愿腾出多余的空白
让每一株油菜花都光芒闪烁在诗画间
成为枞阳最美的春光

枞阳呀，被油菜花领读的山水图册
必然笔墨了人间安居的镜像
必然把一幅儿女情长的山水，卷轴在画卷里

以诗歌的种粒，长出金色辉煌的诗句
以山河的精修，用油菜花的鹅黄点醒笔尖

（三）

我写枞阳，这山河田间被油菜花插播的诗画
就成为枞阳的一张名片
一行白色的羽毛，间距了人间的热爱
用水润葱郁，浣洗灵魂的涤荡
也被这大面积的油菜花海，席卷了人间盛世里的温暖

我写枞阳，《诗经》里的诗句，就从牧童横吹的笛音里
再种下一粒花粉向上的飞翔
我的诗词，也抵着河岸，让油菜花成为行云流水的书法
笔画着词语的江山被再次打包
婉约成油菜花海中的一片妖娆

我写枞阳，春天被油菜花海衬托的皖江北岸
就搁浅了诗词的故乡
归隐中的唐诗宋词，就在油菜花海里，长出诗歌的眼睛
奔腾于天地间的诗卷，都用一片鹅黄底衬着大美枞阳
一阙新词，都以枞阳的春天为意象

枞阳呀，以新时代为笔，在大地上作画
掂量出诗画里的家国，以青山绿水成为华章
一把被擒住的诗歌种粒，松散了时光的骨架
都是枞阳在油菜花海里，传真了美的安逸
素朴是油菜花，奢华也是

这落在民间的浩荡，用金黄覆盖
醉美了雕琢与高雅

（四）

我与枞阳，仿佛就隔着一片油菜花海
随即到达的幸福彼岸，就被金黄铺垫
枞阳在山水诗画里气度了美学
就被一张张曝光的胶卷携带
田园素雅，书写不尽这诗意的风暴

我与枞阳，其实就被油菜花
点播了人文与自然，安居与安康
自然而为中精品浮现
浓妆淡抹，相宜在精致中，成为喧哗演绎的必然

我与枞阳，就是与一幅画面对，就是与一首诗面对
就是在致敬里，用油菜花海收敛清韵与清雅
在此，有了一种解甲归田的感动
与种豆南山的诗意勃发

枞阳呀，绮丽与油菜花有关，静默也与油菜花有关
是美丽勾勒着美，以风雅传送，美丽乡村的诗画

去江堤看油菜花（外二首） 周八一

（一）

是春光灵动的手指
翻开这黄金的册页
一层层浮动的爱的呓语
掩盖三月躁动的魂

一种美缘，绽开沉甸甸的福分
铺开静美，洒脱和大度
飞舞的灵性，传送悠远的淡香

花海中徜徉，怒放的心花
沾满馨香和甜蜜
随浩荡的春风，波澜起伏

（二）

阳光的金币，叮当作响
800 里皖江岸上，欢歌荡漾
浮动花朵的甜言蜜语
借千万只蜂蝶的翅膀，殷勤传送

百转千回的梦里
这蓬勃汹涌的花朵，汪洋恣肆
漫不经心，就打开了
花海中写生的少女，一颗萌动的心

她目光里流淌的痴迷，一眼就知道
她爱上皖江，爱上枞阳
爱上诗意弥漫的
春光深处，款款律动的生命

（三）

听，有黄金铸造的音符
在天地间流动

流过八百里皖江颤动的春光
流过春光里悄然绽开的梦想
流过梦想中姗姗开启的心扉
流过心扉间抑制不住放飞的祝福
流过一声声祝福打开的
芬芳，妖娆和心跳

这铿锵的音符，层层叠叠
磨亮内心隐约的刀斧
斫去灵魂暗藏的荆棘

（四）

必须用心拜谒。这三月的魂
高贵的王，她多么慷慨哦

对着那么多前来朝觐的人
恬静。微笑。口吐暗香
不分男女老少，不分贫富贵贱
一一散发分量相同的福包

我也是其中一员，领受，感恩
幸福恰似春光升腾，摒除
心上的恨，命里的疼

沉默。无言。忘我。一任它
潺潺渗进心田，催开心花。悄然
覆盖落寞寂寥的中年心境

在白云岩

云飘雾缈，已熄灭
历史深处漫漶的硝烟
阳光的金币叮当作响，打造出
云蒸霞蔚的华丽云冠

把白云岩装扮得深沉而高贵

苍松、栈道、古刹、幽洞
跟随一阵风，游走其中
群峰肃穆，折叠内心的
隐忍与坚贞，把时光铸造的美
向我一一呈现

嶙峋的怪石挡住去路
她骨头上隐约的刀伤和剑痕
依然喊出远去的病和痛
恍惚之间，又被西岩寺废墟上
草木摇曳的清风，轻轻抚平

抬眼远眺，一只只青鸟
越飞越高，宛如白云岩
放飞的一粒粒的新词
在天空辽阔的页面上，悄然书写
绵绵不绝的万年之念

记　住

记住枫沙湖静美的白帆
记住这青青长长的堤坝
记住堤坝里无垠的稻田，忙碌的耕牛

记住这静默的黄梅峰，发洪山
记住山下繁茂的桃树，梨树

柿子树……以及绿荫环抱中
一个一个安静的村庄

记住民风的淳朴，乡亲的勤劳
记住生活中铭心的爱，刻骨的疼
记住那么多汗水和泪水
孕育出的希望与彩虹

必须一点一点记住
并在来生，一步一步地往回走
直到再次走上湖堤，沿着来路
将今生细细地重走一次

油菜花素描

吴荣国

（一）

春风那么柔柔地一推
油菜就多情起来
就举起了内心的花儿

（二）

油菜花的心思
一只春风里的蚂蚁
知道
触角摇动天空

（三）

岱冲湖伸出了手
国道 G347 直了直身子
荷叶田田笑着招手
三公山在瞭望
生怕花香掉在了地上

（四）

蜜蜂躲在花瓣深处
偷窥一位丈夫恋恋不舍的身影
送他出门的女人
用泪水洗亮自己的眼睛

有一只蝶
从花丛中翩翩而出
贪玩的蝶呀
不知人间相思的滋味

（五）

任小鸟如何快捷
也跑不过油菜花开的声音

一群孩子的欢乐、惊喜
似抑扬顿挫的朗诵
把枞川大地
诵成一部花海经典

（六）

每一个慕名而来的游人
或走或站
赏花如赏戏　读花如读书

故事可以提走
只是这眼前大片的花香
该如何携带？

（七）

一座城有一座城的传说
一个人有一个人的精彩
一朵花有一朵花的内蕴

美丽枞阳在等你
好客的我在等你
如星星点缀的油菜花在等你

你不来
我不走

春风吹来菜花香（外一首）

何宗胜

南来的风
悠闲地吹着
它温情的感染
油菜的沉默

烟雨中
白荡湖两岸
缥缈，朦胧
肥绿绿的油菜
青翠欲滴
花蕾羞枝头
仿佛远道而来
赶集一场盛大的花事
在轮回的路上，在风中

默念前世的偈语

太阳暖暖地照着
蛙鸣鼓晴
油菜花辉煌地盛开
漫山遍野占尽春光
比天边云彩还要真实
足以让内心丰满
这是幸福的入口
蜜蜂高兴地唱着山歌
酝酿生活
城里老少，三五成群
走向乡村
走向季节的内心

风不停地吹着
吹着我，吹着花香
吹着一切赶趟儿新生命

一场雨过后

一场雨过后
群里的油菜花开满荧屏
我随熙熙攘攘的人群
听着鸟鸣，牵引着春风
到野外踏踏青

拔茅山顶雾还没消散

洼里三两户人间
冒出的炊烟
高过二月的天空

竹篱内油菜花
挤挤开满一田
芬芳随风自由出入
花朵上水珠晶莹
像等待的眼神
让人心跳
蜜蜂轻盈飞舞
悄悄把花香领走

雨后的山坡上
一棵瘦骨嶙峋的老树
发着新芽
几位种过油菜的老人
正栽着茶苗
棵棵带来脱贫致富的梦
一阵风来
春色又浓几分

枞阳油菜花赞（三字经）

屈国杰

安徽省，枞阳县，油菜花，美名远；
北枞阳，南婺源，花盛开，风景线；
三月里，春风暖，枞阳镇，花海看；
在江堤，在河岸，在田野，在林间；
亮晶晶，黄灿灿，花朵朵，金闪闪；
绿叶杆，黄花瓣，芳香溢，望无边；
上万亩，基地建，层层叠，景壮观；
如波浪，如画卷，大自然，调色板；
一株株，一片片，随风摇，春满园；
阳光下，花灿烂，微风中，空气鲜；
花金黄，蝴蝶翩，蜜蜂忙，在花间；
生态美，在人间，不负春，不负天；
约起来，枞阳选，八方客，来游览；
来观光，来休闲，来赏花，多浪漫；

拍照片，留纪念，发微信，朋友圈；
受欢迎，获点赞，是枞阳，新名片；
枞阳人，促发展，文化节，来举办；
花为媒，视觉宴，把美丽，来展现；
等你来，花儿盼，为你开，为你绽；
有绿水，有青山，是金山，是银山；
撸袖子，加油干，油菜花，是资源；
三字经，做宣传，赞枞阳，迎明天！

谁不说俺枞阳好（三句半）

王　霞

安徽枞阳人称赞，
油菜花开迎春天，
遍地黄花很壮观，
——好看！

春风又绿长江岸，
油菜花儿真鲜艳，
赏花不必去婺源，
——省钱！

呼朋唤友去游玩，
油菜花中映笑脸，
拍照发到朋友圈，
——点赞！

好花好景看不完，
依依不舍人留恋，
不知不觉天将晚，
——吃饭！

旅游文化节举办，
最美时候来遇见，
错过要等一整年，
——别晚！

枞阳春天来得早，
油菜花儿是主角，
谁不说俺枞阳好，
——自豪！

油菜花开等你来（快板书）

屈　晗

铛滴个铛，铛滴个铛，
打起竹板声声响，
今天把枞阳油菜花唱一唱。
话说安徽枞阳县，
山川秀美好风光，
春天来到了枞阳县，
大地是油菜花儿的天堂，
走到田野里望一望，
到处披上了盛装，
满眼都是金黄色，
成片成片傲绽放，
扎根在温润的土壤，
无边无际的花儿香，

江水欢快在流淌，
微微的春风吹脸庞，
蓝天白云下花芬芳，
怎不让人爱枞阳！
枞阳万亩油菜花，
是花的世界和海洋，
宛如巨幅油彩画，
蔓延到无边的远方，
南来北往的游客，
到这里赏花和观光，
花儿像美丽的姑娘，
吸引了大家的目光，
闻着醉人的清香，
徜徉在花海心舒畅，
人在花中拍照忙，
发到朋友圈来分享，
收到点赞和赞扬，
油菜花太美太漂亮！
今年的油菜花面积广，
等你共同来欣赏，
油菜花文化节要登场，
不辜负春天好时光，
油菜花是枞阳的名片，
为大美枞阳来增光！
这正是：
新的时代新气象，
油菜花美花又香，

枞阳油菜花等你来，
一起把美丽来分享，
今天把快板书来唱一段，
枞阳的明天更辉煌，更辉煌！